살아갈 날들을 위한 공부

살아갈 날들을 위한 공부

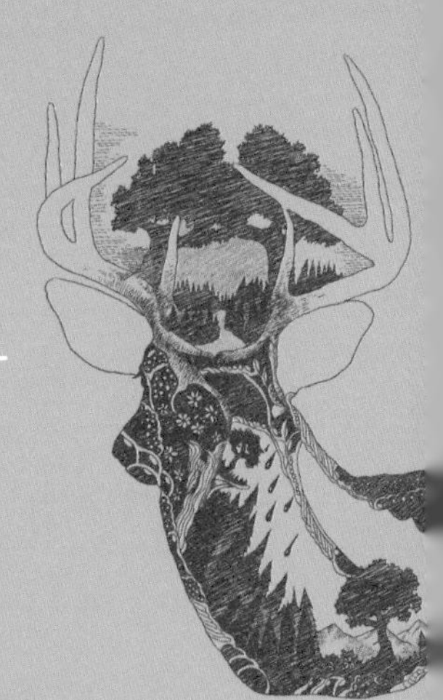

레프 톨스토이 지음

—

이상원 옮김

위즈덤하우스

* 본 한국어판은 Arcade 출판사의 협조로 러시아어 원본을 입수하여
우리말로 옮긴 것임을 밝힙니다.

차례

오늘은 좋은 날이다. 매일 매일을 위한 생각 모음집을 완성했기 때문이다. 이 책은 무작위로 생각들을 모아놓지 않고 논리적 체계를 갖추었다. 인생의 손님들인 사랑, 행복, 영혼, 신, 믿음, 삶, 죽음, 말, 행동, 진리, 거짓, 노동, 고통, 학문, 분노, 오만 등의 주제들이 반복되도록 했고, 하루의 생각이 앞선 생각과 관련해 의미를 가지도록 했다. 이렇게 하여 하루하루가 서로 연결된다. 또한 우리 행동의 지침이 되는 총체적인 철학으로 완결성을 가지도록 했다.

이 책은 인류에 대한 나 자신의 가장 큰 사랑의 표현이다. 함께 읽는 독자들이 내가 책을 쓰면서, 또한 매일 반복해서 읽으면서 경험했던 감동과 홍분을 함께 느껴주었으면 한다.

1908-1910

톨스토이

Лев Толстой

내가 진정으로 따르는 신앙은

모든 살아 있는 것들을 사랑하는 것이다.

— 톨스토이

사람은 사랑하기 위해 태어났다

악기 연주하는 법을 배우듯
사랑하는 법도 배워야 한다.

다른 사람을 사랑할 때
두려울 것도 더 바랄 것도 없이
우리는 세상의 모든 존재와 하나가 된다.

열매가 자라기 시작하면 꽃잎이 떨어진다.
영혼이 자라기 시작하면
우리의 약한 모습도
그 꽃잎처럼 모두 사라진다.

가장 중요한 일은
나와 인연 맺은 모든 이들을
사랑하는 일이다.
몸이 불편한 이
영혼이 가난한 이
부유하고 비뚤어진 이
버림받은 이
오만한 이까지도
모두 사랑하라.

진정한 스승은
삶에서 가장 중요한 것은
'사랑'이라고 가르친다.
사랑은 우리 영혼 속에 산다.
타인 또한 자기 자신임을 깨닫는 것,
그것이 바로 사랑이다.
사람은 오직 사랑하기 위해서
이 세상에 태어났기 때문이다.

세상에서 가장 강한 존재

영혼은 유리병과 같다.
우리의 육체 안에는
투명한 유리병과 빛나는 불꽃이
모두 들어 있다.

우리는 대지의 넓이, 별의 크기,
바다의 깊이를 측정했다.
달 표면의 강물 흔적이나 산맥을 발견했고,
쓸모 있는 기계도 만들었다.
우리는 매일같이 새로운 것을 찾아냈다.

우리는 많은 것을 알고 있고
매 순간 많은 일을 하고 있지만
가장 중요한 것은 빠뜨렸다.
우리는 쓸모 없는 것은
너무도 많이 알고 있지만
정작 가장 중요한
우리 자신은 알지 못한다.

우리 안에 사는 영혼을 기억할 수만 있다면
우리의 삶은 완전히 달라질 것이다.

철은 돌보다 강하고
돌은 나무보다 강하며
나무는 물보다 강하고
물은 공기보다 강하다.
그러나 보이거나 들리지 않지만
다른 무엇보다 더 강한 것이 존재한다.

과거에도 있었고
지금도 있으며
영원히 사라지지 않고 남을
그것은 바로 모든 사람 안에 살아 있는 영혼이다.

우리는 산맥과 태양, 우주의 별들에 감탄한다.
하지만 우리 영혼과 비교한다면
모두 하잘것없다.
영혼은 세상에서 가장 강한 존재이다.

지금 이 순간

당신에게 가장 중요한 때는 언제인가?
당신에게 가장 중요한 일은 무엇인가?
당신에게 가장 중요한 사람은 누구인가?

당신에게 가장 중요한 때는
현재이며,
당신에게 가장 중요한 일은
지금 하고 있는 일이며,
당신에게 가장 중요한 사람은
지금 만나고 있는 사람이다.

가진 것이 적은 사람

소박하게 식사하는 사람을
우리 모두는 본받아야 한다.

육체의 즐거움을 추구하고
육체만 보살피며 살아간다면
결국 진정한 기쁨을 느끼지 못하게 된다.

걸을 수 있는데도 걷지 않는다면
다리가 약해진다.
부와 사치에만 익숙해지면
소박한 삶을 잊게 되고
내면적인 즐거움과 평화,
자유를 잃어버리고 만다.

우리는 육체를 보살펴야 한다고 말한다.
하지만 현자들은 한결같이
필요한 것이 적을수록 좋다고 말한다.

좋은 음료

혀끝까지 나온 나쁜 말을 내뱉지 않고 삼켜버리는 것,
그것이 세상에서 가장 좋은 음료이다.

언제 어떻게 말하는지 배우는 것도 중요하지만
더욱 중요한 것은 언제 어떻게 침묵해야 하는가다.
잘못 말한 것을 후회하는 일은 많다.
하지만 침묵한 것을 후회하는 경우는 없다.

더 많이 말하고 싶어 할수록
하지 말아야 할 말을 해버릴 위험은 커진다.

'저는 모르겠습니다.'라는 말을
더 자주 하도록 혀를 훈련하라.

등 뒤에서 나를 욕하는 이는
나를 두려워하는 것이다.
면전에서 나를 칭찬하는 이는
나를 미워하는 것이다.

말은 힘이 세다.
말은 사람들을 하나로 만들기도 하지만

때로는 갈라놓기도 한다.
말로 사랑을 만들 수도
적대감을 빚을 수도 있다.

잘못된 생각을 드러내는 두 가지 행동이 있다.
말해야 할 때 침묵하는 것,
그리고 침묵해야 할 때 말하는 것이다.

남들의 입술에 있지 않다

강은 연못과 다르고
연못은 개울과 다르며
개울은 물 그릇과 다르다.
하지만 강과 연못, 개울과 그릇은
모두 똑같은 물을 안고 있다.

마찬가지로 건강한 어른,
아픈 아이, 가난한 노인 등
겉모습이 서로 다른 사람들이라도
누구에게나 똑같은 영혼이 깃들어 있다.
그 영혼이 우리 모두에게 삶을 준다.

타인에게서 자신과 똑같은 영혼을 발견할 때
우리는 긴 잠에서 깨어난다.

우리는 모든 사람, 모든 생명체와 하나이다.
그러니 사람뿐 아니라 모든 생명에 대해서도
우리 자신이
대접받고 싶은 대로 대해야 한다.

지혜롭고 친절한 사람이 느끼는 기쁨은
그 자신의 양심에 있는 것이지
남들의 입술에 있는 것이 아니다.

우리는 내적인 성장이나 영혼의 가치가
상장이나 훈장보다
훨씬 중요하다는 것을 잊어버린다.
이것은 작은 촛불을
햇살보다 더 밝다고 여기는 것과 같다.

우리의 삶과 영혼은 타인과 연결되어 있다.
그러므로 타인을 위한 선행은
곧 자기 자신을 위한 것이다.

삶을 위한 지침

사람은 누구나
자신만의 짐을 지고 살아가지만
다른 사람의 도움을 받지 않고는
살아갈 수 없다.

따라서 우리는 위로와 충고로
다른 사람을 도와주어야 한다

손님

우리가 가진 생각은 손님과 같다.
좋은 사람이든 나쁜 사람이든 손님을 비난할 수는 없다.
하지만 우리는 나쁜 생각을 몰아내고
좋은 생각을 지킬 수 있는 힘을 가지고 있다.

우리의 힘은 생각에 있다.
그리고 그 사실을 잊지 않는다면
많은 악이 사라질 것이다.

감정은 의지와 상관없이 생겨난다.
하지만 생각은 그 감정을
받아들일 수도, 거부할 수도 있다.

우리가 가진 생각이
모든 것의 핵심이다.

인생 10훈

일하기 위해 시간을 내라.
그것은 성공의 대가이다.

생각하기 위해 시간을 내라.
그것은 능력의 근원이다.

운동하기 위해 시간을 내라.
그것은 끊임없이 젊음을 유지하는 비결이다.

독서하기 위해 시간을 내라.
그것은 지혜의 원천이다.

친절하기 위해 시간을 내라.
그것은 행복으로 가는 길이다.

꿈을 꾸기 위해 시간을 내라.
그것은 대망을 품는 일이다.

사랑하고 사랑받기 위해 시간을 내라.
그것은 구원받은 자의 특권이다.

주위를 살펴보는데 시간을 내라.
이기적으로 살기에는 하루가 너무 짧다.

웃기 위해 시간을 내라.
그것은 영혼의 음악이다.

기도하기 위해 시간을 내라.
그것은 인생의 영원한 투자이다.

메멘토 모리, 죽음을 기억하라

메멘토 모리 Memento Mori, 죽음을 기억하라!

우리 모두 언젠가 죽게 된다는 사실을 기억한다면
삶은 전혀 다른 의미를 가지리라.
30분 후에 죽을 거라고 생각하는 사람은
어리석은 행동을 하지 않는다.

탄생에서 죽음에 이르는 인간의 삶을 보면
아침에 일어나서 저녁에 잠자리에 드는 하루의 일과와 같다.

생각은 우리를 자유롭게 한다.
하지만 다시 생각해보니
우리를 가장 자유롭게 하는 것은 죽음이다.

죽어가는 사람의 행동은 깊은 인상을 남긴다.
그러니 잘 사는 것도 중요하지만
잘 죽는 것은 더욱 중요하다.

친절

친절은 세상을 아름답게 한다.
모든 비난을 해결한다.
얽힌 것을 풀어헤치고,
곤란한 일을 수월하게 하고,
암담한 것을 즐거움으로 바꾼다.

눈에 보이지 않는 일

우리는 이 세상에서 가장 중요한 일은
직접 눈으로 보는 일,
이를테면 집을 짓고 밭을 경작하고
소를 키우고 과일을 따는
경제적인 일을 하는 것이라고
생각하기 쉽다.

그리고 우리는 눈에 보이지 않는 일,
곧 정신적인 활동을
하찮게 여기기도 한다.
그러나 우리의 영혼을 살찌우는
눈에 보이지 않는 일이
무엇보다 가장 중요한 일이다.

현명한 사람

현명하고자 한다면
현명하게 질문하는 방법,
주의 깊게 듣는 태도,
그리고 더 이상 할 말이 없을 때
침묵하는 방법을 알아야만 한다.

현명한 사람은 결코
자신이 현명하다고 생각하지 않는다.
나아가 자신에게서 신의 모습이 드러난다 해도
결코 자신을 드러내지 않는다.

홀로 있는 시간

타인과의 만남을 통해서만
삶이 개선된다고 생각하기 쉽다.
하지만 우리는 홀로 있을 때
자신의 생각과 일대일로 마주 섰을 때
그때 비로소 진정한 삶을 꽃피우게 된다.

생각의 힘은 위대하다.
이 힘은 축복이나 저주의 말을 통해 발산된다.
어떤 말이 되는가는
좋은 생각인지 나쁜 생각인지에 달렸다.

포탄은 대포를 떠난 후에야
그 소리가 귀에 들린다.
마찬가지로 나쁜 생각도
겉으로 나쁜 결과를 낳은 뒤에야
우리의 눈에 보이게 된다.
인간의 모든 행동은 생각에 좌우된다.

흙 속에 있을 때 씨앗은
눈에 보이지조차 않지만

시간이 가면서 거대한 나무로 자라난다.
인간의 생각도 보이지 않게 움직인다.

인류 역사에서 가장 큰 사건은
바로 그런 생각에서 탄생했다.

아이에게 배우라

어린아이들은 모두를 똑같이 대하면서
진정한 평등이 무엇인지 보여준다.
반면 어른들은 부자나 유명인은 추종하면서
가난한 사람을 무시한다.

다른 사람들이 자기 자신보다
훌륭하다고 생각하며 대한다면
모두와 잘 지낼 수 있다.

어린아이는 다른 아이를 만날 때
신분이나 인종에 상관없이
다정한 미소를 지어 준다.

어른들은 왜 그렇지 못한가?

옳은 행동

진정으로 일에 몰두하고 있는 사람은
모두 삶의 모습이 단순하다.
왜냐하면 그들은 쓸데없는 일에
마음을 쓸 겨를이 없기 때문이다.

또한 그들은 착한 일을 하려고
힘쓰고 애쓰기보다는
나쁜 일을 하지 않으려고
힘쓰고 애쓴다.

무엇을 할 것인가

나는 '무엇을 할 것인가?' 라는 문제에 대하여
다음과 같은 해답을 발견했다.
첫째 자기 자신에게 거짓말을 하지 말 것.
만일 지금의 생활이 이성이 계시하는
참다운 길에서 멀리 떨어져 있다 하더라도
진리를 두려워하지 말 것.
둘째 다른 사람에 대한 나의 정의, 우월, 특권을 거부하고
스스로 죄가 있음을 인정할 것.
셋째 자기의 모든 존재를 움직임으로써
의심할 수 없는 영원불멸의 인간의 계율을 실행할 것.
어떠한 노동도 부끄러워하지 않고
자기와 다른 사람의 생명을 유지하기 위하여
자연계와 싸울 것.

참된 학문

학문은 우리를 멋지게 장식해주는 왕관이 아니라
우유를 제공하는 젖소이다.

학문은 좋은 음식이 몸에 좋듯
우리에게 유익하다.
그러나 신선하지 못한 음식이나
탐닉하게 만드는 음식처럼 나쁜 것도 있다.

학자는 모름지기 공부하는데
오랜 시간을 보낸 사람이다.
하지만 그렇다고 해서 그가 무언가 안다거나
무언가 알 만큼 충분히 똑똑하다는 의미는 아니다.

학문은 우리가 더 나은 사람이 되도록
도움을 줄 때만 유익하다.

육체는 영혼의 학생

육체는 영혼의 첫 번째 학생이다.

육체의 가장 큰 기쁨은
노동 후의 휴식이다.
세상의 그 어떤 오락도
이것과는 비교할 수 없다.

육체를 쓰지 않으면
인간이나 짐승이나 살아갈 수 없다.
육체를 사용함으로써
우리는 만족하고 기쁨을 누리게 된다.

또한 그것이 다른 사람을
섬기고 봉사하는 최고의 길이다.

나태에 젖은 육체는
영혼을 고양시킬 수 없다.

순수한 마음

우리에게 필요한 것은 단 하나,
분노나 미움, 짜증과 적대감이 없는
순수한 마음이다.

누군가에게 적대감을 느낀다면
상대방의 내면에 대해 생각하라.
자기 자신에 대해서,
혹은 자신의 정당함은 생각하지 말라.

고요한 내면의 생각을 통해
상대방의 선함을 찾아보라.
그리고 사람들과 어울릴 때는
가능한 한 공통점을 많이 발견하라.

누군가에게 화내는 일을 그치고
평화와 용서, 사랑을 되찾으려면
자신과 그 사람의 공통된 죄를 기억하라.

길

삶의 작은 부분을 바꾸면
우리의 인생이 완전히 달라질 것이라는 생각은
어린아이나 하는 것이다.
그것은 카펫에 앉아 끄트머리를 잡아당기면
하늘 높이 날아오를 수 있다는 생각과 같다.

무언가를 제대로 하려면 그 방법을 알아야 한다.
어떤 일이든 마찬가지다.

우리가 원하는 삶을 살려면
어떻게 해야 하는지 알아야 한다.

우리는 모두 희망하는 일을 이루고 싶어 한다.
하지만 그러면서도 우리 안에 있는
영혼이 인도하는 길은 걷지 않으려고 한다.

인생의 목적

유혹과 편견과 죄는 사랑의 씨앗이 자라
성장하도록 만드는 거름이다.

유혹과 편견과 죄가
이 세상에 존재하지 않는다면
삶의 발전도 없을 것이다.
이것들로부터 자유로워지는 것,
그것이 인생의 목적이다.

육체적인 죄의 근원은 육체에 있다.
유혹의 근원은 타인의 평가에 있다.
편견의 근원은 거짓에 있다.

죄 때문에 받는 처벌보다는
죄에 익숙해지면서
서서히 영혼이 파멸하게 되는 것,
이것이 더 무거운 벌이다.

귀 기울여 들으라

작은 선행이 우리의 모습을 결정한다.
따라서 진정으로 사소한 일이란 없다.
인생은 작고 사소한,
눈에 뜨이지조차 않는 일들로 이루어진다.

좋은 말을 하고
좋은 행동을 하도록 노력하라.
그러면 사랑이라는
커다란 나무가 자라날 것이다.

확신하지 못한다면 말하거나 행동하지 말라.
이는 아주 중요한 원칙이다.

무언가 성취하려면 노력해야 한다.
가장 힘들고도 중요한 노력은
떠들어대지 않는 것이다.

귀 기울여 들으라.
그리고 아주 조금만 말하라.

고통과 실패에서 배우다

인간에게는 고통과 병이 필요하다.
인간은 고통을 이해하면서
육체가 일시적인 존재에 불과하다는 것을 깨닫는다.
고통과 실패가 없다면 기쁨, 행복, 성공을
무엇과 비교하겠는가.

인간은 작은 문제들로 균형을 잃는다.
반대로 커다란 문제는
인간을 영혼의 삶으로 인도한다.

물에게서 배우라

물이 산꼭대기에 머물지 않듯
겸손은 오만과 함께 머물지 못한다.
물과 겸손은 모두 낮은 곳을 향한다.

다른 사람에게서 자기 자신의
어리석음을 보는 것만큼
스스로를 개선시켜주는 일은 없다.

겸손을 배우려면
혼자 있는 시간에
자신의 오만한 생각과 싸워야 한다.

말을 꾸미는 사람

아름답게 말을 꾸미는 사람은
거짓말을 하거나
자신을 드높이려는 사람이다.

이런 사람의 말은
절대로 믿어서는 안 된다.
참된 말은 언제나 명확하여
모든 사람이 헤아릴 수 있다.

삶을 기쁘게 하는 일

노동과 휴식이 반복되는 일을 가지고 있다면
그 삶은 기쁘다.
하지만 모든 일이 그런 것은 아니다.

게으른 사람이 한 명 있다면
그를 대신해 일하는 사람이 있다.
넘치도록 가진 사람이 한 명 있다면
굶주리는 사람이 있다.

담배와 술은 지루함을 벗어나려는
게으른 사람들이 만든 것이다.
이것들은 우리를 바보로 만든다.

일하지 않으면 지루하게 된다.
지루하게 되면 죄를 저지른다.

날개

작은 구멍 하나에 항아리의 물이 다 새어버리듯
단 한 사람이라도 미워하면 그 인생은 비어버린다.

화가 나면 말하거나 행동하기 전에 열까지 세어라.
그래도 화가 가라앉지 않는다면 백까지 세어라.
그러다 보면 우리는
사소한 일에 분노했다는 사실에 놀라게 된다.

인생을 살면서 우리에게 가장 가치 있는 일은
분노를 느끼면서도 분노의 행동을 하지 않는 것이다.

선한 노력은 반복될 때만이 착하다.
넘어지면 다시 일어나라.
다시 노력해야 할 때
절망 속에 주저앉아버리면 안 된다.

누에고치는 나비가 되어 날아갈 때까지
열심히 실을 뽑아낸다.
인간도 영혼을 개선하기 위해 노력하다보면
날개를 얻을 것이다.

내면의 개선

우리는 노동이라고 하면
건물을 짓고, 밭을 갈고, 소를 먹이는 것같이
눈에 보이는 것만을 떠올린다.

그러나 진정한 노동은 눈에 보이지 않는다.
그것은 내면의 영혼을 개선시키는 일이다.

아무리 사소한 선행이라도 무시하지 말라.
거기에는 가장 위대하고 중요한 행동 못지않은
에너지가 필요하기 때문이다.

오만은 어리석음과 함께

밀밭에 자라는 잡초는
땅의 수분을 빨아들이고 햇볕을 가려
좋은 밀이 말라죽게 한다.
인간의 오만도 마찬가지이다.
오만은 힘을 빼앗고 진리의 빛을 가린다.

오만할수록 다른 사람들의 눈에 어리석은 존재로,
얼마든지 속여 넘기고 조종할 수 있는 존재로 비친다.
오만은 어리석음과 함께 다닌다.

오만한 사람은 우선 자기 자신에게 해를 입힌다.
타인과의 대화와 공감이라는
가장 큰 즐거움을 스스로 차단해버리기 때문이다.

어린아이처럼 자라는 영혼

인간의 삶은 겨울에서 봄에 이르는
계절의 변화와도 같다.
비가 촉촉이 내린 후 새싹이 나오고
나뭇잎이 돋아난 후 꽃이 피고
열매를 맺는 것이다.

육체적 성장이 끝나는 시기는
매우 중요한 의미를 갖는다.
이때부터 영혼이 성장을 시작하기 때문이다.

모든 생명체는 끊임없이 성장한다.
우리 영혼은 어린아이와 같이 자라나는데
이것은 한 개인의 영혼이나
모든 사람의 영혼이나 똑같다.

마음이 있는 곳에 보물이

자기 마음이 있는 곳에 자신의 보물이 있다.
맛있는 음식, 편안한 집, 멋진 옷 등
육체를 만족시키는 것에
보물이 있다고 생각하는 사람은
이런 것들을 추구하다가 인생을 소모한다.
육체를 위해 에너지를 소모할수록
영혼에 기울일 에너지는 줄어든다.

육체의 욕망은 무언가 더 달라고
떼쓰는 아이와 같다.
더 많이 줄수록 더 많은 요구가 이어지고
여기에는 한도가 없다.

육체의 욕망을 따라가면 육체는 점점 약해진다.
반대로 이를 무시해도 육체가 약해질 것이다.
따라서 중도를 지키는 것이 유일한 길이다.

노력

쉴 새 없이 보다 나은 사람이 되기 위해 노력하라.
여기에 인생의 참된 의미가 포함되어 있다.
어떻게 계속해서 앞으로만 나아갈 것인가.
그것은 오직 노력에 의해서 가능하다.
노력 없이는 결코 현명한 사람이 될 수 없다.

이것은 결국 악으로부터 벗어나
착한 사람이 되기 위하여
노력이 필요하다는 것을 의미한다.

크게 바랄수록 크게 속박당한다

어린 시절에는 누구나 육체를 만족시키려고 한다.
하지만 어른이 되어서까지 그러면 안 된다.
호사스러운 음식을 먹고 값비싼 옷으로 치장하며
큰 집에 살고 멋진 오락거리를 원하면 안 된다.

만족시켜야 하는 것이 많을수록
더 큰 속박을 당하게 된다.
크게 바랄수록 자유가 적어지기 때문이다.

행복의 조건

행복의 가장 중요한 조건은 노동이다.
그 첫째는 자신이 좋아하는 자유로운 일이고
둘째는 깊은 단잠을 선사하는 육체노동이다.

육체노동은 우리를 고귀하게 한다.
게으른 사람은 존중받지 못한다.

근면한 노동 습관을 갖지 못했다면
가장 큰 불행이다.
따라서 어린 시절부터 노동 습관을 길러주어야 한다.

열심히 일하는 것만으로는 부족하다.
어떤 일을 하는가가 그에 못지않게 중요하다.

자연은 휴식하지 않는다.
그리고 모든 나태함에 벌을 내린다.

자신을 해치는 길

우리의 위장은 영혼의 손발을 묶은 족쇄와도 같다.
즐거움을 위해서가 아니라 허기를 없애기 위해
먹는 정도에 그쳐야 한다.

우리는 음식이나 값비싼 옷, 오락거리에
신경을 쓰지 않을수록 더 많은 자유를 얻게 된다.

육체를 돌보는 일은 필요할 때에만 하라.
육체를 즐겁게 하기 위해 여러 방법을 고안하지는 말라.
육체를 너무 보살피는 것은 자기 자신을 해치는 길이다.

공통점

진리는 손 닿을 수 있는 곳에 있다.
햇살 아래 걸을 때 생기는 그림자처럼
늘 인간을 따라다닌다.

착한 삶을 살려면 주위 모든 것이
착해야 한다고 생각하지 말라.
천국이 자기 안에 없다면
그 천국에는 들어갈 수가 없다.

삶과 죽음에는 공통점이 있다.
아주 중요한 공통점이
분명히 있다.

위대한 생각은 가슴에서

악행에 앞서는 나쁜 생각은
행동 그 자체보다 더 나쁘다.
진정으로 참회한다면
악행은 되풀이하지 않을 수 있다.
하지만 나쁜 생각은
또 다른 나쁜 행동으로 이어진다.

삶의 초점을
육체적인 것에서 영적인 것으로
돌린다는 결심은
진지한 생각을 통해 얻는다.

젊든 늙든 총명하든 우매하든
교육받았든 교육받지 못했든
누구나 지혜로울 수 있다.

위대한 생각은 가슴에서 나온다.

잠재력

인간이 아무리 모양을 잡아준다고 해도
결국 나무는 타고난 방식으로 자란다.
어린 아이를 벌줄 때에도
이것을 기억하라.

천성이 더 강하기 때문에
아이는 결국
그 잠재력대로 자란다.

누구나

지혜로운 사람은
다른 사람에게서 자기 모습을 본다.
어리석은 사람만이
다른 사람들과 자신을
다른 '낯선' 존재로 여긴다.

인류의 스승들은
지혜와 성스러운 능력을
함께 지니고 있었다.
하지만 누구나 이렇게 될 수 있다.
우리에게는
영혼의 힘이 있으므로.

입을 다물고 생각하라

장전된 총을 조심해서 다뤄야 한다는 것은 누구나 안다.
하지만 말을 조심해야 한다는 사실은
자주 잊어버린다.

말은 사람을 죽일 수도 있고
심지어는 죽음보다 더 큰 해악을 입힐 수도 있다.

말이 많은 사람일수록 행동은 거의 하지 않는다.
현명한 사람은 행동보다 말이 앞설까봐 경계하고
말하기 전에 오래도록 침묵한다.

말하고 싶을 때마다 입을 다물고 생각하라.
하고자 했던 말이
말할 가치가 있는 것인가
그 말로 누군가에게 상처 주는 일은 없는지 생각하라.

어리석은 이에게 침묵은
최선의 대답이다.
나쁜 말이나 비판을 한다면 이는
곧 되돌아온다.
이것은 불길 속에 장작을 던져 넣는 셈이다.

꿈

인간은 누구나 죽는다는 것을 알고 있다.
우리는 하루하루 죽음에 가깝게 다가서고 있다.
하지만 삶의 의미는 시간의 흐름과는 무관하다.
그것은 우리의 영혼이 얼마나 나아지는가에 달려 있다.

우리는 삶의 길을 걷다가 중간쯤에 이르러
어느 방향으로 가야 할지를 잃어버린 사람과도 같다.

앞문으로 삶에 들어왔지만
출구로는 나가기 싫은 것이다.
죽음이 가져올 변화가 두려워
도무지 떠날 생각이 나지 않는다.
하지만 우리는 태어나면서 이미 그런 변화를 거쳤고
그때 아무런 나쁜 일도 일어나지 않았다.

우리의 삶은
매 순간 일어나는 눈에 보이지도 않는
작은 변화들로 이루어진다.
이런 변화가 시작되던 때 우리는 어린아이였다.
그리고 변화가 끝날 때 죽음이 찾아온다.
죽음은 우리 영혼이 살아가는 틀이 바뀌는 것이다.
틀을 내용과 혼동하지 말라.

출생에서 죽음에 이르는 인생은
그 다음에 오게 될 더 큰 삶을 모른 채
지금이 전부라고 착각하는 한바탕 꿈이지는 않을까

욕망의 습관

현재의 육체적 욕망을
억누를 수 없는가?
그 이유는 충분히
억누를 수 있었던 욕망을
습관으로 만들었기 때문이다.

절망감을 느낄 때면
스스로를 환자로 생각하라.
너무 많이 움직이지도
무언가 행동하지도 말고
상태가 좋아지기만을
가만히 기다려라.

바깥에서 찾지 말라

우리에게 일어나는 나쁜 일들을
환자가 먹는 약처럼 생각하라.
약은 맛이 쓰지만 몸을 고친다.
고난과 역경은
영혼에는 약이 되므로 기뻐하라.

고통은 자신을 세상과 동떨어진 존재로 보고
자신이 결백하다고 믿을 때,
영적 성장과 고통을
연결 짓지 못할 때에만 고통스럽다.

무언가 두렵다면
그 이유가 바깥이 아닌
바로 자기 안에 있음을 기억하라.

언제나 학생처럼

불행하다고 느껴진다면
바로 자신이 저질렀던
모든 나쁜 행동을 기억하라.
기분이 나쁘겠지만
그것에는 자신을
개선시키는 힘이 있다.

개개인의 삶이
얼마나 다른가는 중요하지 않다.
완성으로 가기 위한 거리는
누구에게나
똑같기 때문이다.
우리 모두는 완성에서
아주 멀리 떨어져 있다.

자기 자신이 다른 사람들을
가르치는 선생이라
생각하는 경우도 있지만
언제나 우리는
학생이 되어야 한다.

인생의 역할 모델을 찾고 있다면
단순하고 겸손한 사람으로 찾으라.
진정으로 위대한 사람은
그런 이들 속에만 있다.

진정한 앎

모르는 것은
부끄러운 일이 아니다.
모르는 것을
아는 척하는 것이
부끄러운 일이다.

중요한 것은
지식의 양이 아니라 질이다.
우리는 여전히
모르는 것이 많다.

많은 책을 읽고
다 믿어버리는 것보다는
아무 책도 읽지 않는 편이 더 낫다.
책 한 권 읽지 않고서도
현명할 수 있다.
하지만 책에 쓰인 것을
다 믿는다면
바보가 되어 버린다.

말과 침묵

우리는 무엇을 어떻게 말해야 하는지 배운다.
하지만 그보다 훨씬 중요한 것이 있다.
바로 언제 어떻게 침묵해야 하는지 아는 것이다.

험담은 세 방향으로 해악을 미친다.
험담의 대상이 되는 사람,
험담을 함께 듣는 사람,
그리고 가장 중요하게는 험담하는 사람 자신이다.

말은 곧 결과를 예측할 수 없는 행동이다.
따라서 말하는 것에 주의하라.

솔직한 말은 구도자의 말보다 더 큰 힘을 가진다.

죄

반짝거리는 새 신발을 신은 사람은
진흙탕을 밟지 않으려 조심한다.
하지만 실수로 신발을 더럽히게 되면
그 다음부터는 신경 쓰지 않고
진흙탕을 걷게 된다.
우리 영혼의 삶이 그렇게 되지 않도록 하라.
잘못하여 진흙탕에 들어갔다 해도
곧 빠져나와 자기 자신을 깨끗이 해야 한다.

불교에서는
살인, 도둑질, 정욕, 거짓말, 음주를
다섯 가지 죄로 여긴다.
이들 죄를 피하는 방법은
자기 절제, 소박한 삶, 노동, 겸손, 믿음이다.

누구나 살면서 죄를 짓고
참회하는 과정을 거친다.
죄란 마치 달걀 껍질이나 밀기울과 같다.
죄에서 벗어나는 것은
껍질을 깨고 나온 병아리나
싹터 오른 씨앗이

자유롭게 신선한 공기와 빛에 노출되는 것과 같다.

육체는 영혼에 복종해야 한다.
하지만 반대 상황이 너무도 자주 벌어진다.
이를 나는 죄라고 부른다.

어린아이는 어른보다 더 순수하게 보인다.
이는 아마도 그 마음이
어른들의 편견에 물들지 않아서일 것이다.
어른은 자신의 죄와 싸워야만 한다.

사랑에서 우러나오는 노동

얼마나 가졌는가가 아니라
얼마나 일하는가를 기준으로
사람을 존경해야 한다.
게으르고 부유한 이들이 존경받는 반면,
농부나 기술자처럼 노동하는 이들은
존경받지 못하는 경우가 있다.

식사를 준비하고 집을 청소하고 빨래를 하는
일상적 노동을 무시하고서는
훌륭한 삶을 살 수 없다.

노동, 특히 흙을 다루는 노동은
몸과 영혼 모두에 유익하다.
마음에 안식을 줄 뿐만 아니라
자연에 가깝게 만들어주기 때문이다.

손을 써서 일하지 않는 사람은
이것을 이해하기 어렵다.
일하지 않으면서 호화롭게 사는 사람이 있다면
그는 다른 사람이 노동한 대가를 빼앗는 것이다.

부자들은 이런 노동을 무시하지만
순수한 사람에게는
이것이 인생에서 가장 중요한 노동이다.

다른 사람의 행복을 비는
사랑의 마음에서 우러나오는 노동은
영혼의 양식이 된다.

진리

우리는 인생에서
무엇이 가장 중요한지 가르쳐주는
여러 스승을 만난다.
공부는 학자가 되기 위해서가 아니라
더 나은 삶을 살기 위해 하는 것이다.

우리는 지적 능력을 타고난 덕분에
삶의 의미를 깨달을 수 있다.
어떻게 착한 삶을 살고
어떻게 나쁜 길로 접어들지 않을지 말이다.

학문의 종류는 끝없이 많다.
무엇이 착한 것이고
무엇이 삶의 목표인지
알지 못한다면 제대로 된 선택을 할 수 없다.

오늘날에는 공부할 만한 지식이 넘치도록 많다.
하지만 시간이 지날수록
우리 능력은 줄고 인생은 짧아져
가장 필요한 최소한의 지식조차 배우기 어렵다.

독자적으로 생각할 수 있다면
쓸데없는 독서를 줄일 수 있다.
너무 많이 읽는 것은 해롭다.
내가 만나본 위대한 사상가들은
적게 읽는 이들이었다.

나쁜 책은 아무리 조금 읽어도 해롭다.
좋은 책은 아무리 많이 읽어도 부족하다.
나쁜 책은 정신의 독약이나 다름없다.

성스러운 진리는
학자가 쓴 해롭고 잘못된 책보다는
무식한 이 혹은 어린아이의 말을 통해
더 자주 드러난다.

최고의 행동

인생은 죄, 유혹, 편견에
빠지지 않기 위한 투쟁이다.

사람을 괴롭히는 다섯 가지 큰 죄악이 있다.
과식, 나태, 정욕, 분노 혹은 증오,
그리고 마지막이 오만이다.

우리의 육체가 서로 떨어지지 않았다면
우리 안의 성스러운 영혼도 합쳐져 있을 것이다.
육체가 없다면 삶도 없다.
하지만 또 다른 삶은 육체와 분리되어 존재한다.

분노를 이겨내고 자신에게 상처 입힌 사람을
용서하며 친절히 대하는 것은
인간이 할 수 있는 최고의 행동이다.

되도록 적게

연기가 꿀벌을 벌집에서 몰아내듯
과음과 과식은 영적인 힘을
우리에게서 몰아내 버린다.

과식하고 있다면 나태하지 않을 수 없다.
과음한다면 금욕하기 어렵다.

등불을 들고 어둠 속에서
길을 찾아 헤매는 사람이 있다.
그가 헤매다 지쳐서 등불을 꺼버리면
아무 방향으로나 걷게 된다.
흡연과 음주로
지적 능력이라는 불빛을 꺼트리면
우리도 바로 이렇게 된다.
인생의 방향을 잃어버리게 된다.

모든 고통에서 벗어나

곤충 한 마리와 비교해보면
우리는 스스로가
크고 중요하고
착한 존재라 느껴질 것이다.
하지만 지구와 비교하면
한없이 작게 생각될 것이다.
그 지구도 태양과 비교하면
모래알에 불과하다.
그 태양도 또 다른 은하계와
비교하면 보잘것없다.

한 사람의 육체를
태양이나 별에 비교하면 어떻겠느냐?
육체는 아무것도 아니다.

자기 자신을 영적 존재로 여긴다면
모든 고통에서 벗어나
어떤 일이 일어나도 흔들리지 않을 것이다.

화

분노는 화내는 사람에게 가장 해롭다.
분노하게 된 일보다는
분노 자체가 더욱 해롭기 때문이다.

누군가로 인해 화가 날 때
우리는 상대의 나쁜 점을 통해
화난 감정을 정당화하려 한다.
반대로 상대의 좋은 점을 찾아보라.
그러면 기쁨과 만족이 커질 것이다.

때로는 상대에 대한 화를
억누르지 못하는 경우도 있다.
그렇다고 해도 말이나 행동에서
그 감정을 드러내지 말라.

최선의 일

물보다 더 부드럽고 양보를 잘하는 것은 없다.
하지만 물보다 더 강한 것도 없다.
약한 것이 강한 것을 이기고
부드러움이 잔인함을 이기며
겸손이 오만을 이긴다.
모두가 아는 일이지만
정작 이를 따르는 사람은 없다.
자기 자신을 변화시키기 위해
가장 필요한 일들을
멀리하려 하기 때문이다.

자신이 잘났다고 생각할수록
사람은 점점 더 약해진다.
자신이 착하다고 생각하는 것은 나쁘다.
반면 겸손할수록 우리는 더 강해진다.

우리는 왜 사는지
왜 세상에 왔는지 알지 못한다.
하지만 우리는 세상을 살아가게 하는
그 힘이 무엇을 원하는지 알고 있다.
자신만만하고 오만하며

허풍 심한 사람을 사랑하기는 어렵다.
이런 것을 보면 겸손하고
온화한 삶의 중요성을 알 수 있다.
겸손과 온화함은 가장 중요한 것,
사랑을 크게 만든다.

우리가 할 수 있는 최선의 일은
남을 더 많이 사랑하는 것이다.

매일같이 노력하라.
자신의 허물은
남의 눈을 통해서만 볼 수 있다.

보이는 것에서 보이지 않는 것으로

인생의 가장 중요한 문제들은
홀로 결정할 수밖에 없다.
자신 외에는 그 누구도
내 인생을 이해하지 못하기 때문이다.

우리 삶의 핵심은
자기 안에 사는 영혼과 어떤 관계를 맺었는지.
그 영혼의 존재를 어떻게 인식했는지
영혼의 목소리를 얼마나 따랐는지에 있다.

어딜 가든 생각은 우리를 따라다닌다.
삶의 핵심이자 자유와 힘의 원천인
영혼도 함께 다닌다.

사물의 진정한 의미를 알려면
보이는 것에서 보이지 않는 것으로,
물질에서 영혼으로 시선을 돌려야 한다.
진리의 빛을
있는 그대로 볼 수 있을 때에야
그 빛을 원하게 되기 때문이다.

육체노동

나는 목수나 요리사를 만나면 부끄럽다.
그들은 내 도움이 없어도
며칠, 아니 몇 년씩 살 수 있다.
하지만 나는 이들이 없으면
하루도 버티지 못하니 말이다.

두 손으로 노동할 때
우리는 세상을 공부하게 된다.
채소밭을 가꾸면서 나는 생각한다.
'왜 진작 이렇게 하지 않아
지금 같은 행복을 누리지 못했을까?'
채소밭을 만드는 데도
건강과 지식이 필요하다.

스스로 할 수 있는 일을
다른 사람에게 부탁하여 괴롭히지 말라.
맡은 역할을 스스로 하지 않고
다른 사람에게 대신 시킨다면
영혼도 쇠락하여 죽게 된다.

육체노동이 정신적인 삶을

가로막는다고 생각하는 사람들이 있다.

사실은 정반대이다.

육체노동을 할 때만이

지적이고 영적인 삶이 가능하다.

참나

육체를 위해 산다면
자기 자신만이 유일하게 소중한 존재로 여기게 된다.
이렇게 혼자만 행복하려는 이들이
세상에는 존재한다.

그러나 어느 누구도 만족하지 못하기에 서로 반목한다.
우리는 육체가 영원하지 못하고
시간이 지나면 죽는다는 것을 알고 있다.

이 갈등에서 빠져나오는 방법은
육체가 아닌 영혼에
진정한 '나'가 있음을 깨닫는 것이다.
영혼은 사랑을 통해 타인과 합일을 이룬다.
여기에는 죽음이 없기 때문이다.

육체는 영원한 영혼이 잠시 머무는 곳일 뿐
곧 스러질 존재에 불과하다.

스스로 살피라

소박한 사람이 되고자 노력하는 것은
지하에서 햇살로 올라오는 것과 같다.
더 많이 오를수록 더 밝은 빛을 볼 수 있다.

내면의 나에 대해 생각하면 할수록
자신이 작게 느껴져 겸손할 수 있다.
스스로를 살피라.
그러면 지혜를 얻을 것이다.

매일 일하라

우리는 매일 일해야 한다.
그것도 늘 힘들게 일해야 한다.
차이점이라면 무슨 일을 하는가에 있다.

하루의 힘든 일을 마치고 쉬는 것은
세상에서 가장 크고 순수한 기쁨이다.

무슨 물건이든 사용할 때에는
그것이 누군가의 힘든 노동이
낳은 결실임을 기억하라.
그것을 망가뜨리거나 쓰레기통에 던진다면
그것은 노동을 존중하지 않는 것이다.

지옥은 즐거움 뒤에 숨어 있고
천국은 노동과 고통 뒤에 숨어 있다.

필요한 것만 가지라

자유롭고 행복한 삶을 살고 싶다면
부나 화려함같이
없어도 될 것을 찾지 말고
꼭 필요한 것만 소유하라.

육체의 욕구를 들어주면 줄수록
영혼의 힘은 약해진다.
현자와 성인들이
일생을 금욕적으로 살았던 이유가
바로 여기에 있다.

영혼 속에 쌓는 부

아무도 빼앗아 갈 수 없고
죽은 뒤에도 사라지지 않을
종류의 부를 쌓으라.
이것은 사랑으로 가득 찬 삶을 통해
영혼 속에 쌓는 부이다.

예의 바른 사람 열 명은
조그만 방에 담요만 덮고서도
편안히 하룻밤을 잠잘 수 있다.
하지만 부자는 둘만 모여도
방 열 개짜리 저택에서조차
서로를 참지 못할 것이다.

시간이 갈수록
부자의 삶은
점점 더 부끄러운 것이 되고
마음이 가난한 이의 삶은
점점 더 절망적인 것이 된다.

습관의 주인이 되라

배고플 때만 소박한 음식을 먹는다면
병에 걸릴 일도 적고
과식이라는 죄를 저지를 위험도 줄어든다.

음식, 음료수, 그리고 노동의 양을
영혼에 적합하게 조정하라.
적합한 수준을 유지할 수만 있다면
최고의 주치의를 둔 셈이다.

자기 습관의 주인이 되라.
습관이 우리의 주인이 되도록 해서는 안 된다.

생각 하나가

모든 생명체는
서로 밀접한 관계를 맺고 있다.
누군가 고통 받으면
다른 쪽도 고통 받게 된다.
반면 한쪽이 행복하면
그 행복이 다른 쪽에게로도 옮겨진다.

모든 생명체에게서
자신의 모습을 보게 될 때,
그때 비로소 인생을 이해할 수 있다.

우리는 세상을 움직이는
영적인 힘에 대해 자주 잊어버린다.
책이나 신문, 법률, 학술 논문에도
이런 이야기는 나오지 않는다.

하지만 눈에 보이지 않는 이 힘은
언제나 생각 속에 존재한다.
그리고 영혼의 힘이 된다.

세상에 대해 생각할 때에는
우선 내면의 목소리로 말하라.
그 다음에 다른 사람들에게
소리 내어 말해야 한다.

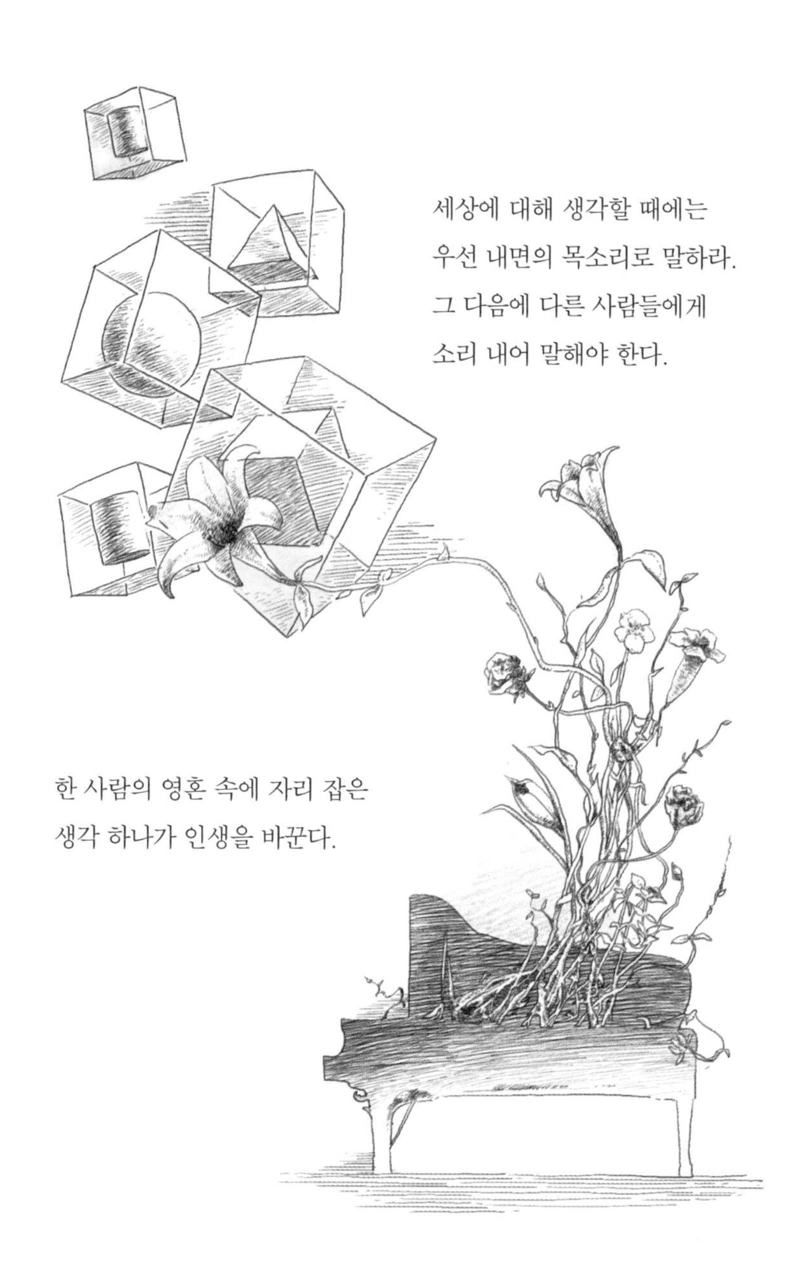

한 사람의 영혼 속에 자리 잡은
생각 하나가 인생을 바꾼다.

명상

생각은 사람이 찾아오듯 다가와
내 머리를 떠나지 않았다.

다른 사람을 심판하는 것이
나쁘다는 점을 이해했을 때에야
나는 생각 속에서라도
다른 사람을 심판하지 않게 되었다.

명상과 생각은 영원으로 가는 길이다.
반면 너무 많이 말하는 것은
죽음으로 가는 길이다.
명상하고 생각하며 많은 시간을 보내는
사람은 죽지 않는다.
믿음을 갖지 않고 공허한 말만
늘어놓는 사람은
죽은 존재나 다름없다.

일상 속에서 유혹과 싸우기는 쉽지 않다.
홀로 있을 때 목표를 정하고
계획을 세워야 한다.
그러면 유혹과 싸워나갈 힘이 생긴다.

오만의 출발점

안 맞는 바퀴는
굴러갈 때 시끄러운 소리를 낸다.
예의 없는 사람도 마찬가지이다.

자기 사랑은 오만의 출발점이다.
오만은 자기만 사랑하는 행동의 정점이다.

우리가 가진 모든 장점을 동원해 다른 사람을 도우라.
몸이 튼튼하다면 약한 이를 돕고
지혜롭다면 그렇지 못한 이를 도와라.
아는 것이 많다면 배우지 못한 이를,
부자라면 가난한 이를 도우라.

하지만 오만한 사람은 다르게 생각한다.
자신에게 다른 사람들이 갖지 못한
무언가가 있다면
다른 사람과 나누지 않고 홀로 간직하려 든다.

금

사람 사이의 사랑은
세상에서 최고로 좋은 것이다.
말로 그 사랑을
깨뜨리지 않도록 조심하라.

다툼의 시작은
댐으로 스며드는 물줄기와 같다.
댐이 무너지면
물살을 막을 방법은 없다.
그리고 모든 다툼은 말에서 비롯된다.

논쟁은 아무도 설득하지 못하고
편을 갈라 모두가 화나게 만든다.

두 사람이 서로에게 적대적이라면
두 사람 모두 잘못하는 것이다.
한 사람이라도
마음을 푼다면 불화는 곧 사라질 것이다.

말은 사고의 표현이고
사고는 성스러운 힘의 표현이다.

따라서 말이 생각과 일치하도록 하라.
말에 감정이 담길 수 있지만
악이 전달되어서는 안 된다.

시간은 지나가버릴지 모르지만
내뱉은 말은 그대로 남는다.

소리 내어 하지 않는 말은 금이다.

노동하지 않는 삶

매일매일이 단조롭게 흘러간다면
내면의 영혼에 대해 생각할 시간이 없다.
홀로 삶을 관조할 시간을 내도록 하라.

언제나 기분 좋은 상태이기를 바란다면
규칙적으로 육체노동을 하라.
피곤해질 때까지 하라.

아무것도 하지 않는 사람에게는
조수가 여러 명 딸리는 법이다.

악마가 사람 낚시를 할 때에는 여러 미끼를 쓴다.
하지만 게으른 사람에게는 미끼도 필요 없다.
그저 찌만 던져도 물기 때문이다.
게으른 사람의 마음은 악마의 놀이터나 다름없다.

노동은 꼭 필요하다.
노동하지 않는 삶은 고통이기 때문이다.

인간이라는 존재

행복은 사랑하는 사람과
이웃에게 봉사함으로써 얻어진다.
봉사할 때 우리 내면에 있는 영혼이
하나로 합쳐지기 때문이다.

자신과 모든 생명체의 연결을
가로막는 장애물을 끊어내라.
그리고 가능한 한 이 연결을 강하게 만들어라.

나뭇가지를 꺾으면
그 가지는 나무 전체에서 떨어져나간다.
다른 사람과 다투는 이는
인류 사회에서 떨어져나간다.
나뭇가지는 남의 손으로 꺾지만
다투는 사람은 스스로의 악행과 분노로
자신을 고립시킨다.

우리는 내게도 타인에게도 동일한 영혼이
존재한다는 점을 이해하지 못한다.
이것을 이해하지 못한다면
인생을 이해하기란 불가능하다.

현명한 대답

때로는 침묵이 가장 현명한 대답이다.
손보다 혀가 더 많이 휴식하게끔 하라.
침묵은 무지하고 무례한 이에 대한
최고의 대답이다.

해야 할 말을 하지 못해
후회스러운 일이 백 가지 중 하나라면
하지 말았어야 할 말을 해버려
후회스러운 일은 백 가지 중 아흔아홉이다.

좋은 생각

인간의 운명은
그 생각의 흐름을 따른다.
인간은 생각으로 자기 삶을 내다보고
또 만들어가는 존재이다.

생각은
우리를 지옥으로도
천국으로도 보낼 수 있다.
이는 천국이나 지옥이 아닌,
현재의 삶에서 일어나는 일이다.

진리를 추구할 때
비로소 삶이 시작된다.
진리 추구를 중단할 때
삶은 끝난다.

우리의 삶과 생각은 서로 같다.
삶은 마음에서 시작되어
생각으로 형태 지워진다.
좋은 생각으로 말하고 행동한다면
기쁨은 그림자처럼 그 뒤를 따라다닌다.

삶과 죽음

우리는 영원한 삶과 현재를 동시에 살아야 한다.
일할 때는 영원히 살 것처럼 하고
남을 대할 때에는 오늘밤에 죽을 것처럼 하라.

인생의 모든 것은 단순하고,
서로 연결되어 있다.
죽음을 제외한 모든 것이 그렇다.
그래서 사람들은 죽음에 대해 생각하려 하지 않는다.
우리는 삶을 이해할 수 없는 수수께끼로,
죽음을 단순하고 분명한 것으로 보아야 한다.

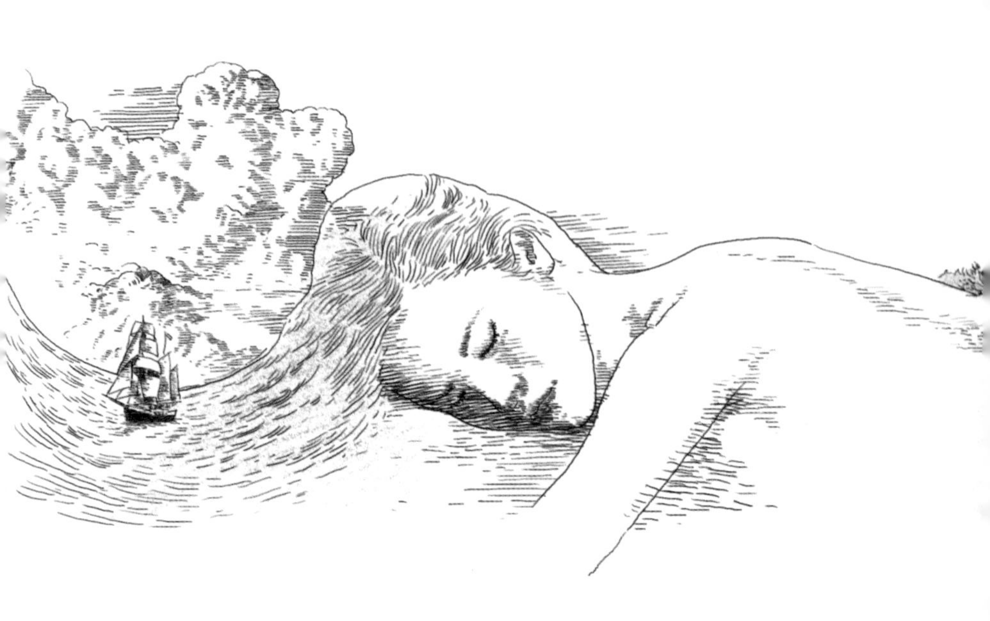

영적 삶을 위해 가장 중요한 것은
우리가 한자리에 머무르지 않고
끊임없이 어딘가로 이동하고 있다는 것이다.

우리는 커다란 배에 올라탄 승객과 같다.
선장은 승객 중 누가 언제 배를 떠나게 될 것인지가
기록된 비밀 명단을 가지고 있다.

우리에게 허락된 시간 동안
인생의 법을 지키며 평화와 사랑,
모든 친구들과의 화합 속에서 흘러가도록 하라.

중심

스스로 좋다고 생각하는 것을 행동하라.
다른 사람들의 평가에 좌우될 필요는 없다.

독립적으로 생각하지 못하면
타인의 영향 아래 놓이게 된다.
타인의 생각 속에서 늘 살아야 한다면
이것은 육체가 부자유한 것보다
훨씬 더 나쁜 노예 상태이다.

우리의 내적 양심은
바깥 세상의 판단보다
더 큰 의미를 가진다.
우리는 그 양심과 함께
영원히 살 것이기 때문이다.

선한 가치

거짓 학문과 종교는
잘 다듬어진 현학적인 언어를 사용한다.
그래서 진리를 모르는 사람들은
그것이 아주 진지하고
중요한 것이라고 믿어버린다.

지혜로운 사람일수록
단순한 언어로 자기 생각을 표현한다.

삶의 법

어느 날 현자가 말했다.
"나는 선을 찾아 온 세상을 돌아다녔습니다.
밤낮으로 쉬지 않고 선을 찾았지요.
어느 날인가 완전히 지쳐버렸을 때
내 안에서 '선은 네 안에 있다'라는
목소리가 들려왔습니다.'
나는 그 목소리에 따랐고
결국 완전한 행복을 얻었습니다."

동물이나 어린아이, 성자들은 누구나
삶의 기쁨을 누린다.
동물은 지적 능력을 갖지 않았기에
자연에 순응하며 살고
어린아이는 때묻지 않은 순수한 지적 능력으로 살며
성인은 오직 한 가지 소망을 이루겠다는 바람으로 산다.

삶의 의미를 이해하지 못한다면
나름의 삶을 추구하며 바쁘게 사는 이들도
그저 어리석고 불쌍한 수많은 사람들 중
한 명에 불과하다.

세상과 세상의 목적을 이해하는데
인생을 바치는 사람은 절망하지 않는다.
그에게는 시끄러운 세상이 필요 없다.
내면의 일이 이미 충분히 많기 때문이다.
그에게 중요한 것은 단 한 가지,
자기 안의 악에서 자유로워지고
타인들과 함께 평화롭게 살아야 한다는 것이다.

좋은 삶에 대해 늘 생각한다면 좋은 삶을 살 수 있다.
언제나 착하게 행동할 수 있는 능력을 키워야 한다.
죽음에 이르는 그 순간까지 진리를 추구하라.

삶의 법이 늘 명백한 것은 아니다.
현자에게조차 그렇다.
하지만 노력한다면 이해할 수 있다.

자기 스스로가 되어라

우리는 지식이 많을수록
잘살 수 있다고 생각한다.
하지만 많이 아는 것은
꼭 필요한 몇 가지를 아는 것만도 못하다.

학자는 많은 책을 읽은 사람이다.
지식인은 무엇이 사람들의 관심사인지
아는 사람이다.
학자나 지식인이 되려 하지 말고
자기 스스로가 되어라.

교육을 못 받았다고 두려워하지 말라.
성장 속도가 더디다고 불안해하지 말라.
진정으로 두려워해야 하는 일은
알지 못하면서 아는 척하는 것이다.

진정한 승리

전투에서 수천 명을 상대로 수천 번 승리한 것과
자기 자신을 상대로 한 번 승리한 것을 비교하면
후자가 훨씬 더 가치 있다.

살면 살수록
아무것도 하지 않는 것의 지혜를 알게 된다.

인간의 진정한 힘은
난폭함이 아니라 고요함에 있다.
서두를수록 할 수 있는 일은 적어진다.

살면서 죽음을 기억하라

타오르는 촛불이 초를 녹이듯
우리 영혼의 삶은 육체를 스러지게 한다.
육체가 영혼의 불꽃에
완전히 타버리면 죽음이 찾아온다.

삶이 선하다면 죽음 역시 선하다.
죽음이 없다면 삶도 없기 때문이다.

죽음은 우리와 세상, 우리와 시간 사이의
연결을 끊어놓는다.
죽음 앞에서
미래에 대한 질문은 아무런 의미도 없다.

조만간 우리 모두에게
죽음이 찾아오리라는 사실은 누구나 알고 있다.
잠잘 준비, 겨울 날 준비는 하면서
죽을 준비를 하지 않는 까닭은 무엇인가.

올바로 살지 못하며
삶의 법을 깨뜨린 사람만이
죽음을 두려워한다.

죽음에 대해 너무 많이 생각할 필요는 없다.
살면서 죽음을 기억하면 된다.
그렇게 하면 삶은 진지하고 즐거우리라.

행복은 당신 안에

행복한 사람이 되고 싶은가?
우리가 원하는 행복은 이미
모두 주어졌다는 사실을 기억하라.

진정한 행복의 원천은 우리들 가슴에 있다.
다른 곳에서 행복을 찾는 것은 어리석다.
이는 마치 늘 품고 다니는 어린 양을
두리번거리며 찾는 격이다.

첫째가는 지혜는 자신을 아는 것이다.
이것은 가장 어려운 일이기도 하다.

둘째가는 미덕은 작은 것에
행복을 느끼는 것인데 이것 또한 어렵다.

자신만을 사랑한다면 진정으로 행복할 수 없다.
남들을 위해 살라.
그러면 진정한 행복을 발견할 수 있다.

불행한 이여, 어디서 방황하는가?
더 나은 삶을 찾아 헤매는가?
당신은 도망치고 있다.
행복은 정작 당신 안에 있는데 말이다.

자기 안에 없는 행복은 다른 어디에도 없다.
행복은 타인을 사랑하는 능력이다.

기뻐하라! 즐거워하라!
삶의 목표는 기쁨이다.
하늘, 태양, 별, 풀, 나무, 동물,
만나는 사람들에게서 기쁨을 느껴야 한다.
어린아이처럼 늘 즐거워하도록 하라.

선행

아무리 사소한 일에서라도 진실을 외면하지 말라.
어떻게 말하는지
혹은 다른 사람들이 어떻게 생각하는지는 중요하지 않다.
항상 진실을 말하도록 하라.

지적 능력은 거짓과 진실을 구분하기 위해 주어졌다.
거짓을 벗어나면
어떻게 살아야 하는지가 분명해질 것이다.

진실함은 진정 위대한 미덕이다.
진실함이 없다면
다른 어떤 미덕도 있을 수 없다.

계란 속의 병아리가 교육 받은 요즘 사람들처럼
제한된 지적 능력을 발휘한다면
아마 껍질을 깨고 나오지 않을 것이고
삶을 깨달을 기회도 포기할 것이다.

복잡한 이유를 들어
정당화되는 행동은 나쁜 행동이다.
양심의 결정은

언제나 단순하고 분명하기 때문이다.

배고픈 이를 먹이고
헐벗은 이를 입히고
병든 이를 찾아가
위로하는 것은 모두 선행이다.
우리가 자신의 편견과 잘못,
인생에 대한 비뚤어진 시선에서
벗어나도록 돕는 선행이 그것이다.

물질적 독약과 정신적 독약의 차이

물질적 독약과 정신적 독약의 차이는
전자는 입에 쓴 반면
후자는 나쁜 책이나 신문 등의 모습을 하고 있어
매력적으로 보인다는 것이다.

학문을 발전시키는 사람이
반드시 도덕까지 발전시키지는 않는다.

학문은 물질 세계에 대한 연구에서
위대한 진보를 이루었다.
하지만 내적 영혼의 세계를
연구하는 차원에서 보자면
학문은 불필요할 뿐 아니라
우리를 잘못된 길로 인도하기도 한다.

학자의 삶, 교육, 학문은
인생이라는 나무의 나뭇잎이다.
하지만 그래도 열매는 맺지 못한다.

자신 안의 목소리

당장 내일 죽는다고 생각하면
거짓말과 시샘, 비판과 도둑질 따위를
멈추게 되리라.

사랑은 죽음의 공포를 사라지게 할 뿐 아니라
죽음에 대한 생각 자체를 없애준다.
사랑하는 자는 죽지 않는다.

나는 내 정원을 사랑한다.
훌륭한 책을 읽는 것도 좋아하고
어린아이를 껴안는 것도 좋아한다.
죽게 되면
이 모든 것을 잃게 될 것이어서 죽음이 두렵다.

삶은 마치 도망이라도 가듯이 휙휙 지나가 버린다.
대체 어디서 진리를 찾으라는 것일까?
내면의 목소리에 귀를 기울여야 한다.
진리의 소리는 우리 안에 있다.

결혼

우리는 언제 결혼을 해야 하는가?
남자와 여자 서로가
상대방 없이는
살기 어렵다고 생각하게 될 때다.

좋은 결혼에서
좋은 자녀가 태어난다.
육체적 사랑에 한번 빠진 사람은
상대를 바꿔가며
계속 그런 사랑을 반복한다.
그러다 결국에는
진정한 사랑의 능력을 잃어버린다.
그리고 미움, 절망, 역겨움 속에서
지옥 같은 삶을 살게 된다.

비폭력의 교훈

아이를 교육하려면 벌해야 한다고 생각한다.
하지만 진정한 교육은
좋은 말과 좋은 모범만으로 충분하다.

비폭력의 교훈을 따르기란 어렵다.
그렇다면 싸움과 복수의 교훈을 따르기는 쉬운가.

악을 악으로 갚는 일을 그만두게 되면
모든 것이 사라지고 말 것이라고들 한다.
이것은 마치 강 위의 얼음이 녹으면
강이 사라진다는 말과 같다.
하지만 실제로는 어떤가.
얼음이 녹고 나면 배가 물 위를 오가고
새로운 삶이 시작되지 않는가.

자신만을 위한 사랑

자기 자신만 좋아하는 사람은
결국 오만하게 된다.
오만은 자신만을 위한 사랑이다.

모든 인간의 평등을
받아들이지 않는다면
진정한 사랑은 없다.

우리는 자주 다른 사람을 심판한다.
누구는 착하고 누구는 악하며
누구는 멍청하고
누구는 똑똑하다는 식으로.
사람은 강물처럼 흘러가는 존재여서
매일 그 모습이 다르다.
멍청한 이가 똑똑해지고
악한 이가 선해지는 것이다.
우리의 심판은
과거를 바탕으로 할 수밖에 없는데
현재의 그 사람은
이미 달라져 있게 마련이다.

오만한 이는
제아무리 많은 미덕을 가졌어도
사랑받지 못한다.

큰 바다에 있는 물과
산속 계곡에 있는 물을 보고 배우라.
얕은 계곡물은
시끄러운 소리를 내지만
깊은 바닷물은
고요하고 움직임도 거의 없다.

타인이 자기보다 열등하다고
혹은 우월하다고 생각하는 일이 많다.
그럴 때에는 모두에게
같은 영혼이 존재한다는 점을 기억하라.

과거나 미래의 일은 없다

우리는 과거를 괴로워하고
이로 인해 현재에 불충실함으로써
미래까지 망친다.

과거는 지나갔고
미래는 아직 오지 않았다.
있는 것은 현재뿐이다.
현재의 삶은 매 순간이
그 어떤 것보다 더 소중하다.

나는 나이를 먹을수록
기억이 또렷해진다.
이상하게도 즐거웠던 일들만
기억이 나고
때로는 현재의 일보다
그 기억 때문에
더 즐거워지기도 한다.

이것은 무슨 의미인가?
과거나 미래의 일은 없다.
모든 것이 바로 지금,
이곳의 일이다.

현재 속에서 평생을 산다면
미래에 대해서도
죽음 이전이나 이후에 대해서도
의문을 품지 않게 될 것이다.

가난과 부

인생에서 부담이 되는 것은
가난이 아니라 부이다.

큰 부는 죄다.
한 사람의 부자를 위해
수백 명의 가난한 이가 존재하기 때문이다.

남들에게 더 많이 주고
스스로에게는 덜 요구하라.

자선 기관은
쓸모가 없을뿐더러 해롭기까지 하다.
때로 쓸모가 있다 해도
도덕적이지 못하다.
이들 기관의 존재는
인간의 고통을 보여줄 뿐이다.

부자가 이기적이라는 것보다는
동정심이 없다는 사실이 더 끔찍하다.

줄어들지 않는 보물

남에게 주어도 줄어들지 않는
보물이 단 한 가지 있다.
원하는 대로 주어도
점점 커지기만 하는 이 보물은
바로 지혜이다.

이 단지에서 저 단지로
물을 옮겨 붓듯
더 지혜로운 사람으로부터
덜 지혜로운 사람에게로
지혜가 옮겨진다면 좋을 것이다.
하지만 남들의 지혜를 받아들이려면
노력이 필요하다.

사람에게 필요한 것들은
모두 한순간에 주어지지 않는다.
오랜 시간에 걸쳐
끊임없이 노력하면서 얻어야 한다.

어리석은 규칙

아이들은 일시적으로 편을 갈라 놀며 경쟁해도
놀이가 끝나면 모두 다시 친구가 된다.
하지만 어른들은 계급, 집단, 국가 등으로
갈라진 뒤에는 죽는 날까지
그 무리를 벗어나지 못한다.

칭찬받는 것에 신경 쓴다면 행동하기 어렵다.
어떤 이는 이런 것을 칭찬하고
또 다른 이는 저런 것을 칭찬하기 때문이다.

인생에서 무엇을 할지는 자신만이 결정할 수 있다.
이 점을 안다면 삶은 훨씬 더 쉬워질 것이다.

받아들여진 전통을 깨기란 어렵다.
하지만 더 나아지는 길로
한 걸음씩 나아갈수록
낡은 규칙, 관습, 견해를 깨뜨릴 힘이 생겨난다.

양심에 따라 살지 못하고
남들이 정한 어리석은 규칙과 전통을 따랐던
내 모습이 부끄럽다.

인생은 공간과 시간 바깥에

시간이 흘러간다고들 말하지만
움직이는 것은 시간이 아니라 우리다.

인생은 너무 짧다.
사랑하는 사람에게 충분한 즐거움을
안겨주지도 못할 만큼 짧다.
그러니 어서 서둘러 친절한 행동을 하라.

인생은 어디에 있을까?
"육체로 사랑을 하니 인생은 육체에 있는 거지."
하지만 육체의 어디를 말하는 것인가?
인생은 손톱이나 머리카락,
팔이나 다리에 있지 않다.
혈액에 있는 것도 아니다.
그러면 시간 속에서 인생을 찾게 된다.
"20년을 살았으니 앞으로 30년, 40년,
50년, 60년을 차례로 지내겠지."

인생은 공간이나 시간으로 측정할 수 없다.
그것은 공간과 시간 바깥에,
영혼 속에 존재한다.

종종걸음

영혼이 아닌 육체에 노력을 집중하는 사람은
튼튼한 날개로 나는 대신
가냘픈 다리로 종종걸음 치며
목적지까지 가려 하는 새와 같다.

육체가 생존하기 위해
꼭 필요한 것이 무엇인지는 분명하다.
걸칠 옷과 먹을 빵조각이다.
하지만 육체는 끝없이 더 많은 것을 열망하고
이것을 충족시킬 길도 없다.

먹고 자고 휴식하는 등
육체가 필요로 하는 것을 채워주지 못하면
육체는 곧 그 결핍을 드러낸다.
하지만 빈둥거리는 게으른 생활의 결과는
한참 시간이 지난 후에야 나타난다.
점차 몸이 약해지고
노동에서 멀어지는 것이다.

고통의 원인

밤하늘이 별을 드러내듯
고통은 삶의 의미를 드러내준다.
우리는 고통을 겪어야만
진정으로 영혼 속에서 살게 된다.

질병이나 죽음 같은 육체적인 변화는
우리의 통제 범위를 벗어난다.
하지만 내면의 나,
즉 영혼에서 일어나는 일은
통제 범위 안에 있다.

불은 파괴력을 지니지만 따뜻함도 준다.
질병도 마찬가지다.
나는 몸이 아플 때 기쁨을 느낀다.
아픈 동안에는 일상의 걱정거리가
사라지기 때문이다.
몸이 회복되면
다시금 그 부담이 찾아온다.

고통의 원인이
자기 안에 있음을 기억하라.

옳은 생각

우리가 가진 가장 큰 자산 중 하나가
지적 능력이다.
하지만 다른 것과 마찬가지로
지적 능력도 사용하지 않으면 사라진다.
이것을 사용하지 않는 사람은
심지어 그 존재조차 느끼지 못한다.

진정으로 친절한 사람은 자신의 친절함을 모른다.
더 친절할 수 있음을 알기 때문이다.
따라서 친절한 사람은 늘 겸손하다.

여행가든 순례자든 누구든 붙잡고
진리, 사랑, 겸손보다
더 중요한 것이 있는지 물어보라.

모두의 평화를 향한 길에 놓인 장애물은
겸손으로만 제거된다.

생각할 수 있는 사람은
인생의 의미를 이해할 수 있다.
생각하지 못하는 사람은

왜 사는지도 이해할 수 없다.

이것을 이해하지 못한다면
무엇이 좋고 무엇이 나쁜지도 이해할 수 없다.
따라서 올바로 생각하는 것은 중요하다.

선물

삶이 곧 끝나버린다고 생각하며 살라.
그러면 남은 시간이 선물로 느껴질 것이다.

현재의 삶은 최고의 축복이다.
우리는 다른 때, 다른 곳에서
더 큰 축복을 얻게 되리라 기대하며
현재의 기쁨을 무시하고는 한다.
지금 이 순간보다 더 좋은 때는 없다.

우리는 태어나서 죽을 때까지 복을 바란다.
하지만 복은 이미 주어졌다.
타인을 사랑한다면 쉽게 복을 얻을 수 있다.

행복해지려면 한 가지만 하면 된다.
다른 사람을 사랑하라.
그러면 끝없는 축복과 행복을 얻을 것이다.

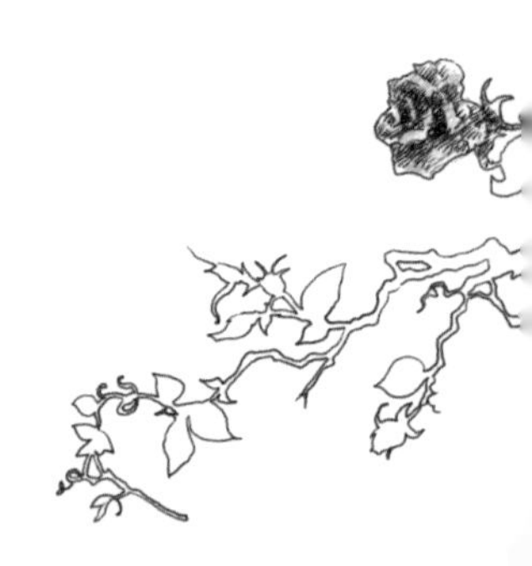

모든 생명체와 더불어
사랑 속에서 살게 되면
고통과 고난의 삶이
순식간에
행복과 축복의 삶으로 바뀌게 된다.

축복은
사랑으로 가득 찬 심장 안에 있다.

홀로 진리와 대면하라

진리의 말은 세상 어느 보물보다도 귀하다.

거짓말은 또 다른 거짓말을 부른다.
그러므로 사소한 선의의 거짓말도 하지 말라.
사소한 것이 커다란 결과를 낳는다.

거짓말은 유혹적이지만
거짓말한 사람을 고통 속으로 몰아넣는다.
그 사람은 조만간 그 말을 부정해야 할 상황에 놓이고
결국 진실 속에서 구원을 찾게 된다.

다른 사람들의 말이나 행동을
기계적으로 반복하는 것은
진리에서 멀어지는 가장 확실한 길이다.

자신의 지적 능력으로 자기 행동에
더 많은 의문을 제기할수록
인생이 자유로워진다.

우리가 무엇을 해야 할지
진리가 항상 알려주는 것은 아니다.

하지만 무엇을 하지 말아야 할지는
알려준다.

홀로 진리와 대면하는 것이 두렵다면
주변 상황은
절대 개선되지 않고 점점 나빠질 것이다.

삶 그대로

우리가 삶에서 부자가 되고 즐거움을 얻고
남과 논쟁하는데 들이는 시간의
아주 작은 부분이라도
내면의 자아를 살찌우고
양심을 따르는데 사용한다면
세상의 모든 악은 사라지리라.

사랑하는 이가 저지른 나쁜 일에 대해
말하거나 불평하지 말라.
다른 사람들이 이웃을 흉보고 비판하거든
그 말은 무시하라.
다른 사람을 덜 심판할수록
자기 스스로에게는 좋다.

삶을 더 좋은 것으로 만들 수는 없다.
삶은 그 자체로
이미 좋은 것이기 때문이다.

유일한 인도자

우리에게는 무엇을 할지 알려주는 유일한 인도자,
내적 영혼이 있다.

나무는 본능적으로 해를 향해 자란다.
꽃은 언제 씨앗을 만들어야 하는지,
언제 씨앗을 땅에 떨어뜨려 자라게 해야 하는지 안다.
우리의 내적 영혼은 온 세상 모든 생명체의
영혼과 하나가 되라고 말한다.

열 사람이 힘을 합치면 백 사람이 따로 하는 것보다
더 많이 생산할 수 있다.
따라서 모든 문제의 원인은
함께 힘을 합치지 못한다는 것이다.

사람을 더 많이 사랑할수록 더 가깝게 느끼게 된다.
사랑할 때 상대와 나는 하나가 된다.

내면의 진보

자신을 발전시키려는 사람은
몇 번이나 과거의 방식으로 되돌아가면서도
결국은 노력을 계속한다.
뒷걸음질보다는 앞으로 나아가는 정도가 항상 더 크다.
그리하여 내면적 삶의 진보를 원하는 사람은
결국 성공하게 된다.

하늘나라에 가면 지은 죄가
사라지리라는 것은 틀린 생각이다.
이것은 자기 자신 외에는
아무도 할 수 없는 일이다.
성의 없이 대충 음식을 만든 후
신이 맛있게 해 주기를 바랄 수는 없다.

삶에서 잘못된 방향을 선택하고서
나중에 신이 상황을 바꿔주거나
갑자기 그 방향을 좋게 만들어주리라
기대해서는 안 된다.

잘못된 일을 하지 않도록
노력하지 못하겠다고 말한다면

이것은 스스로 인간이 아니라
동물이나 물체라고 인정하는 것이다.
인간은 노력하고 변화할
능력이 있는 존재이기 때문이다.

인생이 동물의 단계에서
영혼의 단계로 옮겨가기 위해
노력하는 과정이라는 점,
이것은 모든 종교의
공통된 가르침이다.

기도

나는 아침마다 기도한다.
'신께서 제 안에, 그리고 모든 사람 안에 계심을 믿습니다.
신의 의지에 거스르는 일은 그 무엇도 하고 싶지 않습니다.
남을 모욕하거나 심판하는 일도 하고 싶지 않습니다.
저는 자신이 대접받고 싶은 대로
남을 대접하며 모두에게 사랑을 베풀고 싶습니다.'

나는 저녁마다 기도한다.
'신께서 제 안에, 그리고 모든 사람 안에 계심을 믿습니다.
신의 의지에 거스르는 일은 하고 싶지 않지만
오늘도 좋지 못한 일을 했습니다.
왜 그랬을까요?
다시 그런 일을 하지 않으려면 어떻게 해야 할까요?
제가 말로나 생각으로나
남을 심판하지 않도록 저를 도와주십시오.'

달팽이

삶에 만족하지 못할 때에는
달팽이처럼 껍질 안에 숨어 버리도록 하라.
상황이 해결될 때까지 기다려라.
삶은 더 좋은 쪽으로 바뀌고
우리는 더 전진하리라.

가난, 질병, 모욕, 비방 등
우리의 걱정거리는 끝없이 많다.
하지만 스스로를 불쌍하게 생각한다면
비참한 존재가 되고 만다.
어떤 상황에서도 절망하기보다는
좋은 쪽으로 생각하려고 노력하라.
그러면 삶의 자신감과
활력을 얻게 될 것이다.

나쁜 꿈에서 깨어나듯

우리가 원하는 일만 한다면
오래지 않아 싫증이 날 것이다.
진정 좋은 일은 끝내기까지
많은 노력을 들여야 하는 법이다.

좋은 일을 아무리 많이 해도
결국 완벽에 이르지는 못한다.

인생의 목적은
완벽해지는 것이 아니라
많은 유혹과 편견을 이겨내는 데 있다.
이는 노력을 통해서만 가능하다.

나쁜 꿈에서 깨어나듯
과거의 삶을 떨치고
일어나려고 노력함으로써만
자기 자신을 구할 수 있다.

도덕적인 노력과 삶의 기쁨은
노동 후 휴식하면서 얻는 기쁨과 같다.
힘들이지 않는다면 기쁨도 없다.
도덕적인 노력이 없다면
인생을 이해하는 기쁨도 없다.

말 씨앗

고대의 무덤을 발굴한 학자들이 말 씨앗을 발견했다.
땅에 심고 물을 주었더니 싹이 트고 자라났다.

역사를 살펴보면 침묵하는 이들은 조롱당했다.
또 소리 내어 말하는 이들도 조롱당했다.
지상에서는 누구나 조롱의 대상이 된다.
비난받을 일이 전혀 없는 사람도,
칭찬만 받아야 하는 사람도 없다.
그러므로 남들의 비난이나 칭찬에는 관심을 두지 말라.

영혼을 위해 살아가는 경지에서 내려오자마자
사람들의 변덕스러운 의견, 판단, 소문 속에
빠져 허우적거리게 된다.

생각의 변화

세상에는 두 종류의 사람이 있다.
먼저 생각하고
나중에 말하거나 행동하는 사람과
먼저 말이나 행동을 한 후
나중에 생각하는 사람이다.

인생의 변화는
생각의 변화와 함께 시작된다.
생각하는 방식이 바뀌는 것은
인생을 변화시키기 위한 노력보다
훨씬 더 중요하다.

새로 듣고 좋다고 여긴 생각이
사실은 전부터 알고 있는 것이기 쉽다.
위대한 진리는
이미 영혼 깊숙이 자리 잡고 있기 때문이다.

모두의 책임

중국의 현자에게 물었다.
"학문이 무엇입니까?"
그러자 이렇게 대답했다.
"사람을 아는 일이다."
또다시 질문했다.
"선善은 무엇입니까?"
현자는 말했다.
"사람을 사랑하는 일이다."

새는 날고,
물고기는 헤엄치며,
사람은 사랑해야 한다.
사랑하는 대신
서로에게 해를 입힌다면
이것은 새가 헤엄치고
물고기가 나는 것처럼
괴상한 일이다.

서로의 삶을 더 낫게 만드는 데는
돈도, 선물도, 좋은 충고도,
심지어는 노동도 필요 없다.

사랑이면 충분하다.

사랑을 키우고
온 세상에 퍼뜨리는 것은
모두의 책임이다.

귀한 어떤 것

모든 사람에게 공통된 것이 있다면
그것은 바로 영혼이다.
우리는 모든 사람 안에 있는
이 영혼을 존중해야 한다.

부, 명예, 지위 따위를 근거로
타인과 분리되어 존재하는,
그리하여 평화나 기쁨을 모르는 사람들이 있다.
하지만 이들도 내면의 영혼을 인식하게 되면
모든 사람을 가족처럼 여길 것이다.
그리고 우리 내면에는
세상 무엇보다도 귀한 어떤 것이
있음을 알게 될 것이다.

문제

우리들 앞에 놓여 있는
가장 중요한 문제는 다음과 같다.

우리는 올바르게 살고 있는가?

우리가 삶이라고 부르는
이 짧은 시간에
우리는 우리를 세상에 보낸
힘의 의지에 순종하며 행동하고 있는가?

우리는 올바르게 살고 있는가?

지금 하는 일

해서 안 되는 일들은 하지 말라.
그러다보면 해야 할 일을 하고 있을 것이다.

욕망에 자신을 맡기고
즐거움을 추구하기 시작하면
욕망이 점점 커져 결국에는
우리 자신을 옭아매고 만다.

세상 사람들이 어떻게 사는지 보라.
시카고며 파리, 런던 같은 도시들에 있는
기차, 자동차, 비행기, 무기, 성곽,
사원, 박물관, 고층 빌딩을 보라.
그리고 자문해보라.
"모두가 더 잘 살려면 어떻게 해야 하는가?"
곧 해답이 나올 것이다.
필요 없는 일은 하지 말라.
지금 우리가 하는 일들이 대부분 그렇다.

위대한 행동은 없다

세상에 위대한 행동은 없다.
그저 의무를 다하거나
해야 할 일을 해냈을 뿐이다.
이는 마치 꼴을 베는 농부가
스스로 위대한 일을 했다고 하는 것과 같다.

우리는 우리가 한 일에 대해서가 아니라
올바로 하지 않았던 일에 대해서 후회한다.

농부가 씨앗을 고르듯

진리를 찾는 이들은 농부와도 같다.
우선은 농부가 좋은 씨앗을 고르듯
진리를 선택하고
다음으로는 농부가 씨앗을 흙에 심듯
그 진리를 심어야 하기 때문이다.
이때 사용할 연장은 말言이다.

타인의 말만 듣고 믿어버리지 말라.
곰곰이 생각하고 분석한 후
받아들일 수 있는 것만
받아들이면 된다.

좋은 삶을 살려면 진리에 의지하고
또한 앞서 살았던
현자들에게서 가르침을 구하라.

진리는 스스로의 지적 능력을
사용해야만 얻을 수 있다.

진리를 알고 싶다면
개인적인 이익이나 손해에 대한 생각을 버리고
결정을 내리도록 하라.

선한 사랑

죄와 싸우라.
하지만 죄인은 용서하라.
악행은 미워하되 악인은 미워하지 말라.

식물의 부드럽고 섬세한 뿌리는
단단한 흙을 뚫고 바위까지 가른다.
사랑도 마찬가지다.
사랑을 억누를 수 있는 것은 없다.

신을 사랑하지 않으면서
이웃을 사랑하는 것은
뿌리 없는 식물과도 같다.

신을 사랑하기 때문에 이웃을 사랑한다면
모두를 사랑해야 한다.
나를 싫어하는 사람, 추악한 사람
가릴 것 없이 말이다.
선한 사랑은 죽거나 바라는 법이 없다.

가진 것에 만족하라

행복하지 않다면 자신을 탓할 수밖에 없다.
신은 우리 모두가 행복해지도록 창조했기 때문이다.
불행은 가질 수 없는 것을 원하는 데서 찾아온다.
행복한 이는 자신이 가진 것에 만족한다.

행복하지 못하다면 두 가지 변화를 꾀할 수 있다.
하나는 삶의 조건을 낫게 하는 것이고
다른 하나는 내적 영혼의 상태를 낫게 하는 것이다.
첫 번째는 늘 가능한 것이 아니지만
두 번째는 늘 가능하다.

고통도, 악도 없는 낙원에 살고 싶은가?
그러면 마음을 자유롭게 하고 사랑으로 가득 채워라.
원하는 천국을 찾을 것이다.

즐거움을 추구하지 말라.
대신 자신이 하는 모든 일에서 즐거움을 찾으라.

영혼의 힘

삶에는 육체를 위해 사는 길과
영혼을 위해 사는 길이 있다.
육체를 위한 삶은
허무한 욕망 속에서 점점 약해지다가
결국엔 죽음으로 끝난다.
반면 영혼을 위해 산다면
삶의 기쁨이 점점 더 커지고
죽음은 더 이상 두렵지 않게 된다.

자신을 물질적 존재로 본다면
도저히 풀 수 없는 수수께끼처럼 여겨진다.
육체 속의 영혼이
진정한 자신임을 깨달을 때
수수께끼는 사라지고
세상은 이해하기 쉬운 곳이 된다.

우리가 가진 물리적인 힘을 대자연의 힘과 비교하면
인간은 정말이지 아무것도 아니다.
하지만 영혼의 힘을 생각한다면
우리는 세상의 다른 모든 것보다 앞선다.

모두가 나름의 문제

자신에게 닥친 불행은 피할 수 있지만
스스로 만들어낸 불행은 극복할 수 없다.

모두가 나름의 문제를 가진다.
하지만 겸허함을 갖는다면
그 짐을 지는 일은 어렵지 않다.
문제는 맞서 싸우기 위해 주어진 것이다.

아프면 견뎌내라.
나를 심판하는 사람이 있다면
친절함으로 답하라.
모욕을 당했다면 겸허히 받아들여라.
죽음을 피할 수 없다면 감사히 죽음을 맞으라.

나쁜 기분은 한 사람에 그치지 않고
주변에 전염되기 때문에 나쁘다.
불행하다고 느낀다면 혼자만의 시간을 가져라.
그리고 기분이 좋아졌을 때 남들과 어울려라.

새의 날개

우리 모두에게 진정으로 좋은 것은 몇 가지 되지 않는다.
그러므로 우리는 그런 것을 바라야 한다.

우리는 영혼의 삶을 지향하고 노력을 다해야 한다.
이것은 새의 날개를 갖는 것과 같다.
우리는 육체적인 삶을 살고 있지만
장애물이 나타나면 날개를 펴고 날게 될 것이다.

세상은 저절로 생긴 것이 아니고
우리를 위해 신이 창조한 것임을 기억해야 한다.
그러면 삶을 파괴하는 행동은 할 수가 없다.

인류의 행복을 파괴하는
폭력, 전쟁, 범죄를 중단시키고자 한다면
힘이라는 방법으로는 불가능하다.
이것은 비폭력적이고
평화적인 방법으로만 가능하다.

현재에 집중하라

우리는 시간을 과거, 현재, 미래로 나눈다.
그러나 현실 속에서는
현재라는 아주 짧은 순간만이 존재한다.
그리고 그 순간이야말로 인생 전체를 집약해 준다.

현재에 행하는 일만 생각하라.
과거의 일은 생각하면 후회스러워진다.
미래의 일을 생각하는 것은 공상일 뿐이다.
현재에 집중하라.
그것이 진정한 삶이다.

사랑은 다른 어떤 것보다도 중요하다.
하지만 과거나 미래에 사랑할 수는 없다.
오직 현재, 지금 이 순간에만
사랑할 수 있다.

사랑은 성스러움의 발현이다.
성스러움에는 시간 개념이 존재하지 않는다.
따라서 사랑은 오직
지금 이 순간에 발현되는 것이다.

대접 받고 싶은 대로 대하라

손, 발, 위장, 뼈 등이 사람의 몸을 이루듯
우리도 다함께 전체를 이룬다.
우리는 모두 같은 방식으로 태어났고
비슷한 형상을 지녔다.
우리는 함께 아치형을 이루는
돌과도 같다.
서로를 지탱하지 않는다면
아치는 무너져 버린다.

선행을 하고 싶으면서도
바로 옆에서
영원히 흐르는 사랑의 강이
두려워 허둥대고만 있는가.
헛된 움직임을 멈추고
사랑의 강으로 어서 뛰어들라.
그러면 평안과 자유를 느끼며
흘러가게 될 것이다.

각자 자신만을 위해 산다면
모두 다 불행하다.
하지만 현자가 가르쳐준 법을 따른다면

모두 행복해질 것이다.

네가 대접 받고 싶은 대로

남을 대접하라.

등짐

축사 문이 안으로 당겨야 열리게끔 되어 있다면
말이나 소 같은 동물은 절대 나가지 못한다.
문의 원리를 몰라서 굶어죽게 된다 해도 꼼짝 못한다.
목표를 이루기 위해
때로는 원치 않는 일도 해야 한다는 사실을
이해하는 존재는 인간뿐이다.
인간에게는 지적 능력이라는 귀하고 중요한 능력이 있다.
우리는 그 능력을 키우고 발전시켜야 한다.
사고하는 방식에 따라 우리는
삶에서 마주치는 모든 것을 설명한다.
이런 사고가 잘못되어 있다면
가장 명백한 진실도 빛이 바랠 수밖에 없다.
마치 달팽이처럼 자신의 낡은 생각과 관점을
등에 지고 다니는 이들이 많다.

중심을 가진 사람

우리는 지진이 일어나 갱도에 갇혀버린
광부처럼 살아야 한다.
이런 광부는 남들의 의견에 대해서는
가능한 한 생각하지 않으면서
스스로 살아남기 위해 최선을 다한다.
실제 우리의 인생도 이와 다르지 않다.

아첨꾼은 상대를 낮게 평가하기 때문에
아첨하는 것이다.
그러니 그 말을 듣고
기뻐할 이유가 어디 있는가?

자신에 대한 말에
지나치게 관심이 많은 사람은
절대 마음의 평화를 얻을 수 없다.

지금 있는 곳이 고향

어둠이 없다면 빛을 모를 것이다.
마찬가지로 악이 없다면
미덕이나 정의도 몰랐을 것이다.

세상에는 악이 넘친다.
사람들이 선한 행동을 하지 않아서라기보다는
하지 말아야 할 일에 매달리기 때문이다.

우리는 육체에 고통과 불편을 가져오는 것을
악이라 부른다.
하지만 인생은 영혼을 육체로부터
자유롭게 하는 과정이다.
따라서 삶을 영적 경험으로 이해하는 자에게는
악이란 존재하지 않는다.

현명한 사람에게는 현재 있는 곳이 곧 고향이다.
어디서든 자기 내면,
영혼에서 행복을 찾을 수 있기 때문이다.

장신구

명예를 추구하는 허영은
마지막으로 벗어버려야 하는 장신구이다.
이것은 영혼을 옭아매고 있으므로
떼어내기도 어렵다.

모든 선행에는 다른 사람들의 칭찬과 지지를 받고 싶은
욕망이 깔려 있다.
그 자체로는 나쁠 것이 없다.
하지만 명성만을 위해 하는 선행은 나쁘다.

심각한 문제는 몇몇 나쁜 사람이 아닌,
주변의 대다수 군중들에게서 나온다.
모두가 파도처럼 같은 방향으로
우리를 밀어붙이는 것이다.

얼마나 사랑했는가

형제를 미워한다면 자신을 미워하는 셈이다.
우리 모두에게는 똑같은 영혼이 자리 잡고 있다.
진정한 '나'는 나 혼자가 아닌
모든 생명체에서 찾아야 함을 알 수 있다.

모두에게 같은 영혼이 있음을 기억하라.
내게도 당신에게도 타인에게도
모두 똑같다.
그러니 타인을 사랑할 뿐 아니라
존중하며 귀하게 대하라.

사랑의 가르침

폭력은 삶의 평온을 깨뜨리는 데 그치지 않고
점점 더 많은 폭력을 불러온다.
폭력을 통해서는
아무것도 고치거나 개선시킬 수 없다.

폭력과 살인은 분노를 낳고
더 큰 폭력과 살인으로 이어진다.

평화의 가르침은
사랑의 가르침에서 나온
자연스러운 결과이다.

큰 자산

양심은 가장 큰 자산이다.
양심은 혼란스러운 일상 속에서
진정한 진리를 찾을 수 있도록 하는 힘이다.

거짓을 물리치는 진리보다
좋은 것은 없다.
지적 능력은 거짓을 없애고
진리를 세우기 위해 주어졌다.
하지만 이 지적 능력이
거짓을 옹호하는데 사용되기도 한다.
그러면 지적 능력은
진리와 거짓, 선과 악을
구분하지 못하게 되어 버리고
그 어떤 거짓과 오해도
무해한 혹은
유익한 것으로 여기게 된다.

아무리 쓰고 불쾌하다 해도
늘 진리를 말해주어라.

진리는 본래 단순하고 명료하다.

반면 거짓은 끝없는 변명과 설명이
필요할 정도로 복잡하다.

진리를 말한 자를 죽인다 해도
일단 말해진 진리는 영원히 죽지 않는다.

다른 사람에게서 배운 진리는
그저 몸에 살짝 붙어 있는 데 그치지만
스스로 발견한 진리는
몸의 진정한 일부가 된다.

사랑하는 사람만이 살아 있다

진정한 삶은 사랑 안에서만 찾을 수 있다.
사랑하는 사람만이 진정으로 살아 있다.

새로운 사랑은 나무의 새순과도 같다.
처음에는 연약하지만
햇살과 사랑, 지적 능력을 받으며 자라난다.

어떤 행동이 좋은지 나쁜지 판단하려면
그것이 인간의 사랑을
크게 할 것인가 아닌가만 물어보면 된다.
그렇다는 답이 나오면 그것은 좋은 행동이다.

우리 육체는 허약하고 보잘것없다.
결국은 죽어 사라지는 존재이다.
하지만 그 안에는 위대한 보물이 숨어 있다.

사랑은 죽음을 이기고
인생에 의미를 가져오며
불행을 행복으로 바꾼다.

바람결에 던진 먼지

지혜로운 사람은
필요한 모든 것이
자기 안에 있음을 알고
자기를 계속 개선하려 한다.
그래서 누구에게 화낼 일도 없다.
반면 어리석은 사람은
남들이 자신에게 친절하기를 기대하고
그렇게 되지 않으면 화를 낸다.

바람결에 던진 먼지가 자신에게 돌아오듯
불행은 불행을 저지른 이에게 돌아온다.

양심의 거울

자신을 모욕하거나 해친 사람에게
복수하는 것은 잘못이다.
폭력은 인간이 원하는 바를
일시적으로 막아낼 수 있다.
하지만 댐이 강물의 흐름을
끝까지 막지 못하듯
폭력도 인간의 감정과 생각을
결국에는 당해내지 못한다.

악으로 악을 물리칠 수 없다는 사실은
누구나 안다.

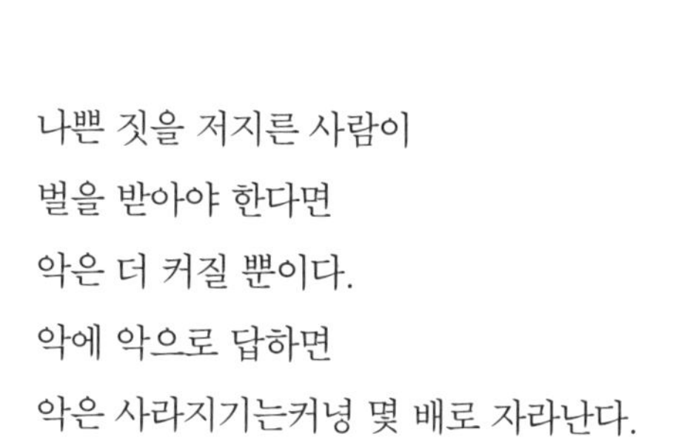

나쁜 짓을 저지른 사람이
벌을 받아야 한다면
악은 더 커질 뿐이다.
악에 악으로 답하면
악은 사라지기는커녕 몇 배로 자라난다.

우리는 타인의 죄는
그 얼굴에 묻은 검댕처럼 잘 찾지만
자기 자신은
양심의 거울에 비추어 보지 않는다.

이 거울을 좀 더
자주 들여다보아야 한다.
그러면 타인의 죄를 비난하는 일이 줄어들고
더 순수한 마음을 갖게 될 것이다.

한 대 얻어맞아도 되 때리지 않을 때,
누군가로부터 험한 소리를 들어도 대응하지 않을 때
선을 향해 진보할 수 있다.

적게 바랄수록 더 행복하다

우리 육체를 어떻게 다뤄야 할지는
동물에게서 배울 수 있다.
육체가 원하는 것이 충족되면
동물은 곧 만족하고 조용해진다.
하지만 인간은
충분히 만족하는 법이 없다.
더 큰 만족을 위해
또 다른 복잡한 음식을 만들어낸다.

고대 그리스의 현자인 피타고라스는
고기를 먹지 않았다.
자기가 고기를 안 먹는 것보다는
씨앗, 콩, 과일, 야채로
충분히 배를 채운 사람들이
왜 위험을 무릅쓰고 사냥을 나가서
동물을 잡아 죽이는지가
더 놀랍다고 말했다.

소박한 생활

정말로 필요한 것은 모두 쉽게 얻을 수 있다.
필요치 않은 것들은 힘들게 노력해야만 얻을 수 있다.

사람이 사는데 꼭 필요한 음식물,
빵, 과일, 야채, 물은 쉽게 구할 수 있고 값도 싸다.

간단한 식사를 하는 가난한 자가
위장을 혹사하는 부자를 부러워할 이유는 없다.
오히려 가난한 자의 건강이
허약한 부자의 부러움을 받아야 마땅하다.

도덕적인 법

똑같은 일이 어떤 사람에게는 좋고
다른 사람에게는 나쁠 수 있다.
지진이나 화산 폭발로 파괴된 도시,
태풍으로 못쓰게 된 논밭을 보며
그것이 좋은지 나쁜지 한마디로 말할 수는 없다.
그 일이 일어나지 않았더라면
더 나쁜 일이 일어났을지도 모르기 때문이다.

지혜로운 사람은
주변에서 일어나는 가장 사소한 일들에서도
신의 힘을 볼 수 있다.

인간들은 거래, 법, 사회, 학문, 예술 등에
매달려 있는 듯 보인다.
하지만 실제로 매달려야 할 일은 단 하나이다.
바로 사람들을 하나로 묶는
도덕적인 법을 이해하는 것이다.

유혹의 늪

인생을 살면서 불현듯
유혹과 마주치는 경우가 많다.
유혹은 우리 내면의 도덕적 삶에
계속 따라다니는 동반자이다.

선한 삶의 길을 더 많이 걸어갈수록
맞서야 하는 유혹은 더욱 많아진다.
유혹은 늪과도 같다.
가능한 한 빨리 빠져나와야 한다.
가장 작은 유혹부터 물리쳐야 한다.

모두의 사랑을 받고 싶다면
재화보다는 영적 축복으로 사랑을 전하라.
재화는 어차피 나눠가져야 하기에
모두를 만족시키지 못하지만
사랑은 모두가 충분히 가질 수 있기 때문이다.

게으름

타인의 노동에만 의존한 채 살아간다면
아무리 기도하고 희생한다 해도
훌륭한 삶을 살 수 없다.

게으름은 우리에게 주어진
가장 큰 선물을 파괴할 수 있다.

육체노동은 시간이 갈수록
점점 더 즐거워진다.

행동을 바라보라

개들은 서로를 물어뜯으며 싸운다.
사람도 때로는 똑같은 행동을 한다.
이런 행동은 추악하지만
우리를 잘못 대하는 이들이
처벌받아야 한다고
가르치는 것보다는 훨씬 낫다.

눈에는 눈, 이에는 이, 삶에는 삶.
이것은 인간이 아닌 동물이 만든 법이다.

스스로에 화가 날 때
우리는 자신의 영혼을 탓하기보다
행동을 비난한다.
그렇다면 남들에게도 똑같이 해야 한다.
누군가 잘못을 저질렀다면
그 영혼이 아닌 행동을 비난하라.

선택

자기만 위하는 자기중심적인 사람은
진정으로 행복할 수 없다.
진정 자신을 위한다면 남을 위하라.

사람들은 더 높은 지위, 더 많은 월급,
더 큰 부나 명예를 목표로 삼아
인생을 거기 바친다 .
하지만 인생의 기쁨은
남들과 대화하는 데서 나온다.
사소한 일상의 이야기든 진지한 토론이든
대화를 통해 우리는 남들과 하나가 된다.
그리고 이때 삶은 자유롭고 기쁜 것이 된다.

육체의 나를 부정하는 상태,
유혹을 이기고 소박함을 유지하는 상태,
편견을 억누르고 진리를 지키는 상태라면
우리 영혼이 유혹과 편견에서 벗어나게 된다.

자기 육체에 대한 관심을 버릴수록
영적 삶은 충만해진다.
무엇이 더 중요한지는 스스로 선택해야 한다.

생의 과제

행복한 삶, 영원한 삶은
우리 인생의 과제이다.

현명한 사람은 세상의 지위에 연연하지 않는다.

삶의 의미는 긴지 짧은지,
고통스러운지 아닌지로 결정되지 않는다.
삶의 의미는 영적 완성을 위한 노력에 있으며
이러한 노력은 언제나 가능하다.

사랑의 습관

사랑이라는 습관에 빠져라.
그러면 삶은 더 큰 기쁨과 행복으로 가득 찰 것이다.

제대로 살고 있다면 사람들이 칭찬하든 비난하든,
혹은 사랑해 주기를 그치든 상관없게 된다.
어떻든 선하고 친절한 이는 우리를 사랑할 것이고
악한 이는 더 이상 우리를
미워하거나 해치지 않을 것이다.

최고의 선은 사랑받을 때 느낄 수 있다.
하지만 어떻게 하면 사랑받을 수 있을까
궁리해서는 사랑을 얻을 수 없다.
유일한 방법은 삶의 법과 신의 뜻을 지키고
영적 완성을 위해 노력하는 것이다.

인간은 강과 같은 존재

인간은 강과 같다.
물은 어느 강에서나 마찬가지며
어디를 가도 변함없다.

그러나 강은 큰 강이 있는가 하면
좁은 강도 있으며,
고여 있는 물이 있는가 하면
급류도 있고, 맑은 물과 흐린 물,
차가운 물과 따스한 물도 있다.
인간도 바로 이와 같다.

삶

죄는 처음에는 한번 찾아온 손님이었다가
자주 찾아오는 손님이 되고
나중에는 집 주인이 되고 만다.

잘못은 마치 거미줄처럼 우리를 얽매어 버린다.
죄를 반복하면 거미줄은 점점 더 굵고 튼튼해져
강철봉이 되어버릴 것이다.

타인에게 용서받음으로써
자신의 죄를 씻을 수 있다는 생각은 잘못이다.
죄를 씻는 유일한 방법은
죄를 알고 이를 피하기 위해
의식적으로 노력하는 것이지
용서받는 것이 아니다.

육체 안에 영혼이 없다면 삶도 없다.
육체는 영혼을 속박하고 영혼은
언제나 육체로부터 자유로워지려 한다.
결국 이것이 삶이다.

같은 영혼의 존재

나는 모든 것들과 연결되어 있다.

살아 있는 사람이나 죽은 사람들
모두와 나는 연결되어 있다.
나는 그들과 함께 살고
그들은 나와 함께 산다.

우리는 동물이나 곤충를 대할 때도
똑같이 생각해야 한다.
우리 모두 안에
같은 영혼이 존재함을 기억하라.

벌은 벌일 뿐이고 파리는 파리일 뿐이지만
이들은 살아있고 내가 가진 것을
이들도 역시 가지고 있다.
나무도 그렇고 돌도 그렇다.

동물과 교감할 때 느끼는 기쁨은
그 고기를 먹거나 사냥할 때 얻는 기쁨과는
비교할 수 없을 정도로 크다.

내면의 선

진정한 선행은 자신의 선행을
인식하지 못할 때 가능하다.
자신을 잊고 남의 이익을 위해 사는 것이
진정 선한 삶이다.

자신을 사랑하는 것은
선한 삶을 위해 꼭 필요하다.
자신에 대한 사랑은
어린아이 때는 아주 강하지만
어른이 될수록 약해진다.

선善을 느끼려면
우리는 서로를 사랑해야 한다.
행복은 천국이냐, 지상이냐 하는 것과 무관하다.
행복은 우리 안에 있다.
사랑으로 가득 찬 삶이 행복을 만든다.

우리는 자신을 위해서라도
사랑 속에 살고 선을 느껴야 한다.

모두를 위한 선이 중요하기 때문에

가족 안에서 최선을 다해야 한다.
가족 안에서 최선을 다하려면
개인적으로 최선을 다해야 한다.
개인적으로 최선을 다하려면
내면의 선을 이루어야 한다.
내면의 선을 이루려면 마음부터 선해야 한다.
마음부터 선하려면 좋은 생각을 해야 한다.

삶은 지나간다

우리가 두려움을 느끼는 존재로
창조되었다는 점만 제외한다면
죽음을 두려워할 이유는 없다.

우리는 이 삶을 끝내는 것이 아니라
단지 지나간다는 것을 기억하라.
삶은 안락한 집이 아니라
죽음으로 향하는 기차이다.
죽는 것은 육체뿐 영혼은 영원히 산다.

영적인 삶은 물질적인 잣대로 잴 수 없다.

악과 고통은 나를 괴롭히지만
죽음은 나를 자유롭게 한다.
그러니 어떻게 죽음을
좋게 생각하지 않을 수 있는가?

욕망을 꺾어라

마음이 급할 때는 무엇을 하면 가장 좋을까?
답은 아무것도 하지 말라는 것이다.

진정으로 자유롭고 싶다면 욕망을 꺾어라.

특정한 순간에 무엇을 해야 하는지
모를 수는 있지만
그때 하지 말아야 되는 일이
무엇인지는 분명하다.
하지 말아야 할 일을 피함으로써
착한 삶을 위해 꼭 해야 할 일을
시작하게 될 것이다.

의지

남이 아닌 자신의 의지에 따라
사는 것이 중요하다.
그러자면 자신의 영혼을 위해 사는데
필요한 노력을 다해야 한다.

아이든 어른이든 선善의 원천이
진리임을 알고 있다.
하지만 오해와 거짓을 벗어나
진리를 얻으려면 노력이 필요하다.

악몽에서 깨어나려면 노력이 필요하다.
동물적인 삶에서 영적인 삶으로
깨어나기 위해서도 노력해야 한다.

중국의 현자인 노자는 무위無爲가
최고의 덕이라고 말했다.
처음에는 의아하게 여겨질지도 모르지만
세상에서 일어나는 온갖 악행을 생각하면
수긍이 갈 것이다.

축복

진정한 기도는 세속적인 행복이나 은총을 청하지 않는다.
대신 내면의 자신과 선한 마음이 더욱 강해지기를 간구한다.

진정한 기도는 영혼을 위해 필요하다.
순간 우리 생각이 가장 높은 곳에 이르기 때문이다.

진정한 기도는 영혼의 버팀목이다.
이를 통해 과거에 행한 일을 되돌아보고
앞으로의 행동을 방향 짓게 된다.

신에게 도움을 청하고 싶어도
한 번도 신을 본 적이 없어
어떻게 말해야 할지 모르겠다고들 한다.
우리는 사랑을 통해 신에게 말할 수 있다.
행동으로 타인을 사랑하면
이는 신이 주는 도움이자 가장 큰 축복이다.

우리에게 속한 전부

우리가 진정으로 사는 것은 현재뿐이다.
우리에게는 과거를 기억하는 능력과
미래를 상상하는 능력이 있다.
하지만 이것은 현재의 일을 잘하기 위해서
주어진 것이다.

인간의 성스러운 영적 부분은
현재에 그 모습을 드러낸다.
그래서 나는 진정한 삶은
바로 현재에 있다고 생각한다.

현재에 살아야 한다.
현재야말로 진정으로 우리에게 속한 전부이다.

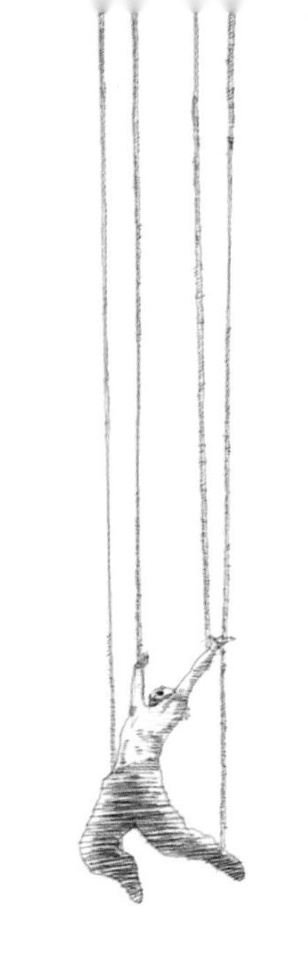

미래의 삶은 믿을 수 없다.
삶은 오직 현재에만 있고
현재만이 사라지지 않는다.

삶의 아름다움은
미래를 위해
무엇이 좋을지 알지 못한다는 데 있다.

사랑을 통해서만

대가를 바라는 사랑은 진정한 사랑이 아니다.
사랑의 핵심은 주위 모두에게
무조건 축복을 베푸는 데 있다.

인간은 생각이 아닌,
사랑을 통해서만 살아간다.

복을 바라는가?
모두의 복을 바란다면 자신의 복도 얻게 된다.

세상에는 많은 선행이 있지만
진정한 선행은 타인을 사랑하는 것,
그 하나뿐이다.

이유를 가진 사랑은 진정한 사랑이 아니다.
조건 없는 무한한 사랑만이 영원하다.
이런 사랑은 시간이 지나도
사라지기는커녕 점점 커진다.

자기희생

자신을 부정한다고 삶이 부정되지는 않는다.
오히려 육체적인 삶을 부정하면
진정한 영적 삶이 더 자라난다.

진정한 자기희생은 성스러운 영적 삶을 위해
동물적 삶을 부정할 때에만 일어난다.

지구가 태양 없이는 살 수 없듯
인간은 사랑 없이 살 수 없다.

타인에게 기꺼이 베푸는 사랑만큼 큰 사랑은 없다.
진정한 삶은 곧 희생이다.

자선

부가 가져다주는 기쁨은 변덕스럽고 기만적이다.

조금 가졌다고 가난한 것은 아니다.
가진 것보다 더 많이 원하는 이가 가난한 자이다.

물질적인 자선은 희생이 따를 때에만 선하다.
그리고 그때에만 영혼의 선물까지 전달하게 된다.
희생이 아니라 그저 남는 것을 주는 상황이라면
받는 이의 분노를 살 뿐이다.

부자가 가난한 이들의 노동에 기대 살아가는
이 세상의 질서는 잘못되었다.
부자는 가난한 이들이 농사지은 것을 먹고
지어준 집에 살며 시중을 받는다.
부자는 여기 그치지 않고 자선 기관을 만들어
가난한 자를 도우면서
스스로가 은혜를 베푼다고 생각하기까지 한다.

문

이 지상에는 평화가 없다.
삶은 얻을 수 없는 것을 얻고자 하는 투쟁이므로
평화나 휴식이 존재하지 않는다.
삶의 목적이 무엇인지는 나도 정확히 모른다.
하지만 그 목적을 달성하려면
노력 외에는 길이 없다.

첫째, 우리는 자신이 누구인지,
또 어떤 존재가 되어야 하는지를
가슴 깊이 느껴야 한다.
둘째, 그런 존재가 되기 위해 노력해야 한다.
선택은 자유이다.

인류 최대의 성과는
폭력이 아닌 고요한 내적 영혼에서 나왔다.
궁전으로 가는 문은 힘껏 밀치는 것이 아니라
살짝 잡아당겨야 열린다.

언제 어디서든

선을 찾으려면 자기 노력 외에
다른 무언가가 있어야 한다는 생각만큼
우리를 주눅 들게 하는 것은 없다.

도덕적 노력과 자기 발전 없는 삶은
한낱 꿈에 불과하다.

내가 해야만 하는 일은 내 능력 안에 있다.
내게 일어나는 일은 그렇지 않다.
하지만 어떤 일이든
그것은 내가 선을 이루도록 도와준다.

자기 삶이 만족스럽지 않다고 여기는 이는
환경을 바꿔 삶을 더 낫게 만들고자 한다.
하지만 가장 먼저 바꿔야 하는 것은 내적 영혼이다.
이 일은 언제 어디서든 할 수 있다.

내적 자아를 개선하라

사회를 개선하는 방법은 단 한 가지,
개개인이 개선되는 것뿐이다.
이를 위해서 해야 할 일은 단 하나,
내적 자아를 개선하는 일이다.
악에 맞서 싸우며 삶을 개선하는 일은
개개인의 영적 발전으로만 시작될 수 있다.

이른바 지식인이라 하는 이들을 상대로
인생을 개선하는 방법에 대해 묻는다면
놀랍도록 상이한 답변들이 나올 것이다.
이토록 의견이 다른 만큼
남의 삶을 개선해주기란 불가능하다.
결국 세상을 개선하는 유일한 방법은
스스로의 영적 자아를 개선하는 것뿐이다.

우리는 결국 육체적 삶이 끝나면 죽는다.
이는 감각적으로나 지적으로나 분명한 사실이다.
신이 다스리는 세상의 법칙이기도 하다.
이를 이해하는 사람은
육체적 삶의 열매를 위해 아등바등하지 않고
영적 삶을 위해 노력을 다한다.

삶이 존재하기에 악도 존재한다

"세상에 왜 악이 존재합니까?"라는 질문을 받을 때
나는 "삶은 왜 존재합니까?"라고 되묻는다.
삶이 존재하기에 악도 존재한다.
삶은 악을 물리치면서 그 존재를 드러낸다.

모든 것을 잃었다고 생각하는
바로 그 순간에
모든 것을 지킬 수 있다.

병, 가난, 수치 등 온갖 고난은 선을 위해 존재한다.
이런 것을 통해서만
우리의 토대가 영혼임이 드러난다.

육체적으로 가장 약할 때 영혼은 가장 강하다.

악은 제대로 이해되지 못한 선이다.

아름다운 기쁨

사기꾼이나 도둑은 결국 길을 잃은 사람이 아닌가?
그렇다면 불쌍히 여겨야 한다.
반드시 처벌해야 한다고 주장하는 이들도 있지만
길 잃은 사람을 처벌하기보다는 동정하라.

처벌이 유용하다고 하면서
결국 우리는 범죄자를 더 늘리고 있다.

정부가 저지르는 가장 큰 악은
삶의 파괴가 아닌, 사랑과 깨달음의 파괴이다.

폭력에 근거한 법으로 거짓과 싸울 수는 없다.

다른 사람을 비난하지 말라.
그러면 술을 끊은 알코올 중독자와도 같은 기쁨을 느낄 것이다.
이는 순수한 존재가 되었다는 아름다운 기쁨이다.

오늘은 무슨 좋은 일을 할까

아침에 일어나면 스스로에게 질문을 던져라.
"오늘은 무슨 좋은 일을 할 수 있을까?"

한 사람이 씨앗을 심었다.
싹트는 것이 궁금하고 걱정된
그 사람은
흙을 파내고 계속 씨앗을 지켜보았다.
상해 버린 씨앗은
열매를 맺지 않았다.

우리는 뒤돌아보는 일 없이
쉬지 않고 일해야 한다.
때가 되면
노동의 열매가 열릴 것이다.

시간이란 없다.
우리 온 인생이 집약된
현재의 한순간이 있을 뿐이다.
그러니 지금 이 순간에
모든 노력을 집중하라.

시간이라는 개념을
넘어서지 못하는 우리는
죽음 이후를 상상할 수 없고
탄생 이전을 기억할 수도 없다.

진정한 삶은
시간을 벗어나 존재한다.

비난하지 말라

우리는 악을 선으로 갚으라는 말을 받아들이지 못한다.
어려서부터 정반대의 가르침을 받아왔기 때문이다.

타인을 용서하려면 '용서합니다.'라는 말로는 부족하다.
비난하고 못마땅한 마음을 말끔히 씻어내야 한다.
이것이 어렵다면 자신의 죄를 기억하라.

아픈 이의 겉모습을 비난할 수 있는가?
곪은 상처가 역겹다 해도 비난해서는 안 된다.
마찬가지로 악한 이도 비난해서는 안 된다.
인내심을 가지고 지적 능력을 발휘하라.

지갑이 없어지기라도 하면 금방 알아차릴 것이다.
하지만 가장 소중한 것,
즉 지적 능력과 친절함을 잃어버렸을 때에는
어째서 알아차리지 못하는가?

스스로는 죄로 가득 차 있으면서도
타인의 죄는 참지 못하는 일이 너무도 많다.

필요조건

노력 없이 물질적인 성과를
거둘 수 없다는 점은 누구나 안다.
이는 인생의 주된 목표인
영적인 삶에서도 마찬가지이다.
노력하지 않는다면 영혼이 얻을 것도 없다.

자신의 현재 모습에 만족하지 못하고
내적 완성을 열망하는 것은
지적인 삶을 위해 꼭 필요한 조건이다.
이런 조건에서만
우리는 자신을 개선할 방법을 찾게 된다.

한여름에 무더운 하루가 지나고 나면
기분 좋은 비가 대지를 적신다.
자아도취라는 뜨거운 햇살이 지나간 후에도
겸손함이 영혼을 식혀야 한다.

자신의 행동을 남과 비교할 때마다
자기 개선의 길에 유혹이라는 장애물이 놓인다.

사랑의 법

인도의 현자는 말했다.
“어머니가 자식을 보호하고 키우고 돌보는 것처럼
자신의 가장 귀중한 능력,
즉 타인을 사랑하는 능력을 보호하고 북돋아야 합니다.”

타인을 사랑하고 사랑받을 때 우리는 선해진다.
결국 진정한 선은 사랑을 통해서만 드러나는 것이다.

사랑이 세상에서 가장 중요하다는 점을 이해한다면
사람을 만날 때 그가 어떤 쓸모를 가졌는지보다는
어떻게 그를 도울 수 있을지 생각하게 될 것이다.
그리고 이렇게 하면 자신만 생각할 때보다
더 좋은 결과를 얻을 것이다.

나는 어째서 사랑의 법을 믿고 따르는가?
그 결과는 무엇일까?
나는 알지 못한다.
하지만 내가 이를 따를수록 나와 다른 사람
모두에게 더 좋다는 점은 분명히 알고 있다.

깊은 강

주위 사람들이
모두 나쁘다고 생각하는가?
만약 그렇다면
너 자신도 나쁜 사람임에 틀림없다.

깊은 강의 물은
돌을 던져도 흔들리지 않는다.
타인의 무례한 말에
상심하는 사람은
깊은 강이 아닌
진흙탕 웅덩이인 셈이다.

영혼을 깨끗이 하는 것은
자유로워지는 것이다.
분노나 짜증 같은 감정에
사로잡혀 있다면
어떻게 자유로울 수 있겠는가?

영혼이 자유롭지 못한 자는
보아도 볼 수 없고 들어도 듣지 못하며
먹어도 그 맛을 모른다.

악은 없다

'이 세상에 어째서 악이 존재하는가?'라고
질문하지 말라.
악은 우리 안에서만 생겨나니까.

고통은 신이 우리에게 보낸 거라고 말하면서도
우리는 이를 진정으로 받아들이지 못한다.
분명한 진실인데도 말이다.
고통을 이기면 우리의 삶은
더 강하고 즐거운, 의미 있는 것이 된다.

슬픔이나 절망에 빠진 이들이 자포자기한 채
그 상태에 익숙해지는 모습을 보면
말을 타고 가파른 언덕길을
내달리는 사람이 떠오른다.
말을 멈추는 대신 아예 고삐를 놓아버리고
말이 미친 듯 내달리도록 하는 사람 말이다.

모든 것이 선하다. 악은 없다.
다만 시간 속에 사는 우리 눈에
악이 있는 듯 보일 뿐이다.
시간을 벗어나면 악은 없다.

친절함

우리는 비난받을까 두려워하며 악행을 숨기려 한다.
하지만 이는 잘못이다.
때로 비판은 유용하기 때문이다.

모든 유혹은 오만에서 온다.
스스로를 유혹에서 구하려면 겸손하라.

선행의 기쁨을 경험하고 싶다면
다른 사람 몰래 행동하고 그 사실도 잊어버려라.
그때 선행이 자신의 안과 밖 모두에서 드러나리라.

인생의 가장 중요한 과제는
더 친절하고 좋은 사람이 되는 것이다.
그렇지만 자신이 이미 좋은 사람이라 여긴다면
어떻게 더 좋아질 수 있겠는가?

겸손은 이기적이고 오만한 이가
경험할 수 없는 종류의 기쁨을 안겨 준다.

과소평가

삶에서 가장 달성하기 어려운 과업 중 하나가
지적 잠재력을 충분히 발휘하는 것이다.

우리 마음과 지적 능력은 서로 다르다.
매일의 생활을 이해하는 것은 마음이다.
영혼을 헤아리는 것은 지적 능력이다.

진리는 우리 존재의 시작이자 끝이다.
진리는 홀로 존재하는 것이 아니라
사랑을 통해 창조된다.
진리는 사랑이다.

다른 사람의 거짓을 밝혀내는 것도 좋지만
스스로의 거짓을 밝히는 것은 더욱 좋다.
우리는 좀더 자주 이 즐거움에 빠져야 한다.

착하고 정직한 이들 사이에서도 오해가 생긴다.
그 주된 이유는 이들이
자신의 지적 능력을 과소평가하기 때문이다.

고통의 원천

결혼한 사람이 독신으로도 살 수 있었다고 깨달았다면
이는 돌부리에도 걸리지 않았는데 걷다가 넘어지는 것과 같다.
결혼하지 않고 금욕하며 살 수 있다고 생각된다면
아예 결혼하지 않는 편이 좋다.

정욕은 때때로 우리를 사로잡는 강력한 욕구이다.
이것을 따르다 보면 정욕은 점점 더 커진다.

정욕은 크나큰 고통의 원천이다.
그러므로 이를 억누르려 노력해야 한다.
하지만 오늘날 사람들은 이 욕구가 세련된 감정인양 여기고
인위적으로 키우기까지 한다.

젊은 남녀가 성적으로 성숙했을 때 어떻게 하는 것이 옳은가?
가능한 한 순결을 지키고 금욕을 선택하도록 하라.
그러면 삶이 선할 것이다.

기쁘고 진실한 일

우리 몸의 심장이 있는 게 보이지 않는다고
심장이 없는 것은 아니다.
영혼도 마찬가지이다.
우리 안에 있는 영혼을 느끼지 못한다고 해서
영혼이 없는 것은 아니다.

인간은 진정으로 스스로를 알지 못한다.
우리가 자신이라 여기는 존재는
사실 진정한 자신이 아니다.
인간은 육체가 아닌, 영혼으로 살기 때문이다.

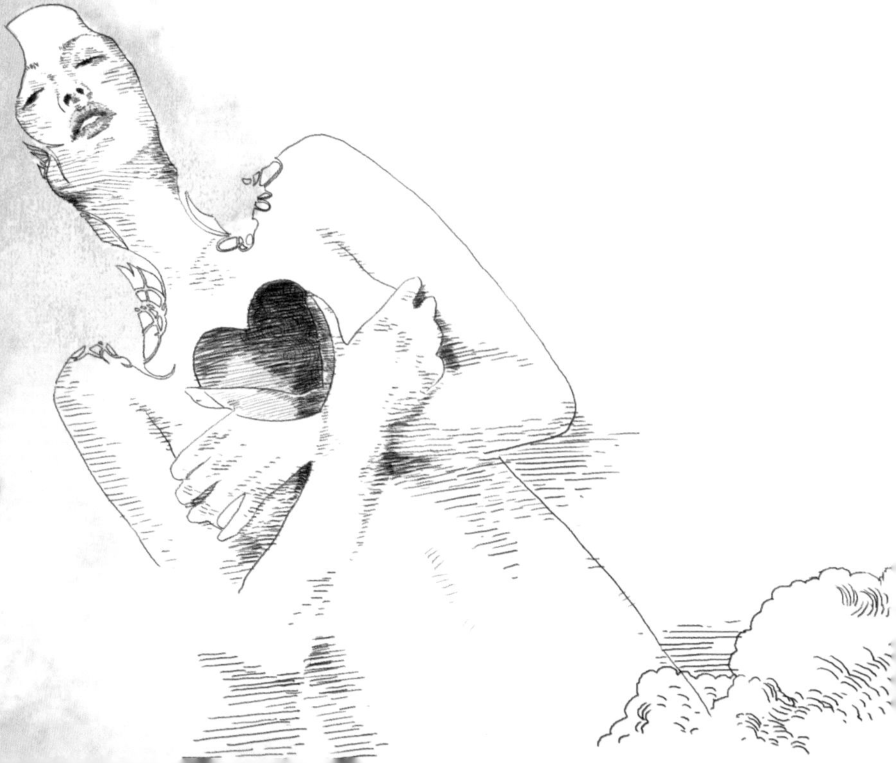

육체가 아닌 영혼을 위해 살 때에
비로소 진정한 삶이 시작된다.

삶은 위험에 가득 차 있으므로
인간은 언제든 죽을 준비를 해두어야 한다.
그렇게 하면 삶이 자유로워지고
타인을 사랑하면서 영혼을 살찌우는 데 힘을 쏟게 된다.

우리는 살아가는 동안
영혼을 위해 육체를 희생해야 한다.

삶에서 가장 기쁘고 진실한 일이
영혼을 살찌우는 것이다.

적게 먹으라

음식을 과도하게 먹는 것은
보통 죄악으로 여기지 않는다.
그 해악이 눈에 보이지 않기 때문이다.
그러나 인간의 존엄성을 훼손하는 까닭에
그것은 죄악이다.
음식을 과도하게 먹는 것도
이러한 죄악 중에 하나이다.

음식을 조심해야 한다.
과식함으로써 몸에 병이 생긴다.
음식을 먹고 자리에서 일어나면서
조금만 더 먹고 싶다는 유혹을 이기지 못했을 때
음식은 독이 된다.

어린 시절

인간은 육체의 요구와 힘겹게 싸우면서도
사랑 넘치는 삶을 꿈꿀 수 있다.
성적인 면에서도 그렇다.
육욕에 충실해 자녀가 많은 사람도
마음속으로는 금욕을 바랄 수 있다.
이처럼 우리의 육체적 측면과
영적 측면은 끊임없이 갈등한다.

순수한 결혼은 좋다.
하지만 금욕은 더욱 좋다.

성적인 죄와의 싸움은 어렵다.
아주 어린 시절이나 아주 늙은 다음에야
거기서 완전히 자유로울 수 있다.

지상의 험난한 삶 속에서
약간이라도 천국을 맛볼 수 있게 하는 축복,
그것이 어린 시절이다.

방랑자

영원을 생각하지 않는 이는
인생에 대해서도 생각하지 않는다.
인간이 그저 육체적 존재라면
그 죽음은 가여울 뿐이다.
하지만 인간이 영적 존재이고
일시적으로 육체에 머무르는 것이라면
죽음은 거쳐 지나가는 변화가 된다.
죽음을 기억하며 산다는 것은
끊임없이 죽음을 생각한다는 뜻이 아니다.
늘 기쁨 속에 살면서
죽음이 찾아오는 순간을 준비한다는 뜻이다.

동물은 죽게 된다는 것을 모르고
따라서 죽음을 두려워하지 않는다.
그러면 어째서 인간은
종말을 예상하고 두려워하는 것일까?
지혜로운 사람은
삶을 육체적인 것에서 영적인 것으로 바꿔놓는다.
이렇게 해서 죽음의 공포가 사라지는 것은 아니지만
스스로를 긴 여행 끝에
집으로 돌아가는 방랑자로 느낄 수는 있다.

모든 말을 존중하라

남을 심판하지 말라.
누군가 당신을 심판하고
나쁜 말을 한다 해도 그를 심판하지 말라.

말은 목표를 이루기 위한 도구이다.
말을 잘못 사용하지 않도록 조심하고
자신과 남의 말, 글로 쓰인 말 등
모든 말을 존중하라.
분리시키는 말을 경계하고
합일시키는 말을 사용하라.

그 입장이 되어보기 전까지는
이웃을 비난하지 말라.

겉모습은 중요하지 않다

다른 사람의 삶을 통제하고 행동을 지시하는 일이
쉬운 까닭은 무엇인가?
혹시 잘못된 결정을 내렸더라도
자신이 고통을 받지 않기 때문이다.

어떻게 살아야 한다고 타인에게 떠드는 이에게는
정작 자기 삶을 살 시간이 없다.

타인에게 자기가 시키는 대로 살라고
강요하는 사람들은
이를 위해 동원된 폭력을 정당화한다.

사람들은 관계의 겉모습, 의례, 행동 방법에
정신이 팔리곤 한다.
겉모습은 중요하지 않다.
진정한 삶은 사람들과 맺는 관계,
그 자체에 있다.

식탁의 윗자리

부지런히 일하여

손에 굳은살이 박힌 사람은

식탁의 제일 윗자리에 앉아서

따뜻한 밥을 먼저 먹을 자격이 있지만,

그렇지 않은 사람은

식탁의 제일 아랫자리에 앉아서

남은 찬밥을 맨 나중에 먹어야 한다.

이것이 이 사회의 법률이요,

도덕이요, 철학이다.

열심히 일한 후의 식사야말로

참으로 귀한 것이다.

사람을 판단하지 말라

우리는 다른 사람을 판단한다.
누구는 마음이 착하고
누구는 멍청하며
누구는 사악하고
누구는 총명하다고 말한다.
하지만 그렇게 해서는 안 된다.
사람은 항상 변하기 때문이다.
다시 말해 사람이란 흐르는 강물 같아
하루하루가 다르고 새롭다.
어리석었던 사람이 현명하게 되기도 하고
악했던 사람이 진실로 착하게 되기도 한다.
다른 사람을 판단하지 말라.
그 사람을 책망하는 순간
그 사람은 다르게 변할 것이기 때문이다.

세 가지 질문

나는 누구인가?
나는 어떤 존재인가?
인생에서 무엇을 해야 하는가?
이 세 가지는
우리 모두가 인생의 길에서 던져야 할 질문이다.

내가 어떤 존재인지 안다면
무엇을 해야 할지 알기 때문이다.
남을 사랑하는 것이
내가 할 일이라 깨달았다면
그 사랑에만 집중하라.

진정한 믿음을 가지려면
거짓 스승이 시키는 대로
자신의 지적 능력을
무시해서는 안 된다.
지적 능력을 통해
믿음을 시험해야 한다.
이를 위해 모든 노력을 다하라.

얼마나 깊이 살았는가

무언가를 하고 그 결과에 대해 생각한다면
이는 자신만을 위해 그 일을 했다는 의미이다.

우리가 하는 행동 대부분의 결과는
눈에 드러나지 않는다.
한정된 세상에 사는데
행동의 결과에는 한계가 없기 때문이다.
행동의 결과를 모두 볼 수 있다면
그 행동 자체는 거의 의미를 갖지 못할 것이다.

지금 하는 일을 묵묵히 수행하라.
그리고 이 순간이 앞으로 올 시간을 위해
기여할 것임을 믿어라.

중요한 것은 얼마나 오래 살았느냐가 아니라
얼마나 깊이 살았느냐이다.

우리는 세상과 밀접한 관련을 맺고 살아간다.
하지만 그러면서도 세상은 한갓 환영이고
어딘가에는 또 다른 차원 높은 세상이
있으리라는 생각이 든다.

스스로 향상시켜라

우리가 날씨를 변화시키고
구름을 없애지 못하는 것처럼
이 세상의 악을 멸절滅絶시키는 것은
불가능하다.

다른 사람을 가르치기보다는
스스로가 자신을 향상시킨다면
이 세상에 악은 줄어들 것이고
모든 사람들이 더욱더
나은 생활을 하게 될 것이다.

매일 매일의 현명한 생각

1

세상을 변화시키려는 사람은 많다.
하지만 자신을 변화시키려는 사람은 없다.

2

나 자신의 삶은 물론
다른 사람의 삶을 삶답게 만들기 위해
끊임없이 정성을 다하고 마음을 다하는 것처럼
아름다운 것은 없다.

3

부란 분뇨와 같아서
그것이 축적되면 악취를 내고,
뿌려지게 되면
땅을 비옥하게 한다.

4

참으로 실패하는 것은 눈에 보이지 않는다.
눈에 보이는 것은 그림자에 불과하다.

5

사람은 사랑함으로써 살아가는 것이다.
자신만을 사랑하는 그 순간부터
죽음이 시작되며
다른 사람과 신을 사랑하는 순간부터
삶이 시작되는 것이다.

6

혼자 생활을 하거나
다른 사람들과 관계를 맺으며 생활을 하거나
단 한 가지 지켜야 할 원칙이 있다.
곧 인생을 가치 있게 살고자 원한다면
기꺼이 자신을 희생할 준비가
되어 있어야 한다는 것이다.

7

돈이 없는 것은 슬픈 일이다.
하지만 남아 도는 것은
그 두 배나 슬픈 일이다.

8

하루도 빠짐없이 기도하라.

그러나 마음이 정리되지 않으면

기도하지 말라.

왜냐하면 기도는

단순히 혀로 하는 것이 아니라

가슴으로 하는 것이기 때문이다.

9

독약은 냄새부터 좋지 않은 데 반해,

정신적인 독약은

안타까우리만큼 매혹적으로 보인다.

10

착하고 올바르게 사는데 따른

보상이 무엇인가?

그렇게 사는 가운데 기쁨을 누리는 것이

그 보상이다.

그것 이외에 다른 것을 바란다면

기쁜 마음이 없어지는 법이다.

11

얼마나 여러 번 용서해야 하느냐고 묻는 것은
알코올 중독 환자가
몇 번 술을 거절하면 되냐고 묻는 것과 다름없다.
술 마시지 않기로 결정했다면
몇 번이든 상관없이 거절해야 한다.
용서에도 그런 일관된 태도가 필요하다.

12

다른 사람을 헐뜯지도,
칭찬하지도 말라.
헐뜯다 보면
좋은 점을 보지 못한다.
또 칭찬만 하다 보면
기대가 너무 높아진다.
다른 사람을 존중하라.
그러면 다른 사람들도
똑같이 존중해줄 것이다.

13

분노는 한때의 광기이다.

그러므로 이 감정을 억제하지 않으면

당신은 분노에 사로잡힐 것이다.

14

사람의 인품은

그 사람의 장점을 통해서

판단해서는 안 되며

그 사람이 그 사람의 장점을

어떻게 운용하고 있는가를

판단해야 한다.

15

다른 사람들과 무리지어 있을 때는

홀로 생각해야 한다는 사실을 명심하고

홀로 생각에 잠겨 있을 때는

다른 사람들과 의견을 나누어야 한다는

사실을 명심해야 한다.

16

하늘과 땅은 영원하다.
그것들은 자신만을 위해서
존재하지 않기에 영원한 것이다.
이와 마찬가지로
진실로 거룩한 사람은
자신만을 위하여 살지 않는다.

17

원하건 원치 않건
인간은 다른 사람들과 연관을 맺지 않을 수 없다.
인간은 생업 활동을 하면서,
그리고 지식과 예술 작품을
나누면서 연결되어 있고,
무엇보다도 도덕적 의무로
연결되어 있다

18
두 사람이 격렬하게 논쟁하는 경우,
그 논쟁의 책임은 한 사람에게만 있지 않고
양자에게 있다.
따라서 적어도 한 사람이
자신에게 잘못이 있다고 말하면
논쟁은 곧바로 그치게 된다.

19
최상의 행복은 일 년을 마무리할 때에
연초 때의 자신보다
더 나아졌다고 느끼는 것이다.

20
돈 속에, 돈 자체 속에,
그리고 돈을 취득하고 소유한다는
그 속에 무엇인가
비도덕적인 점이 있다.

21

독불장군이 되면 될수록
그만큼 자신의 위치가 흔들리는 법이며,
자신을 낮게 하면 할수록
위치는 견고하게 되는 법이다.

22

세상에는 배울 것이 수없이 많다.
하지만 인생의 의미와 사회에 유익이 없으면
모든 학문과 예술은 쓸모없게 될 뿐만 아니라
인생에 해만 끼치는 오락거리로 전락하게 된다.

23

다른 사람을 책망하는 것은 무조건 잘못된 것이다.
다른 사람의 영혼에 무슨 일이 일어났는가
또는 무슨 일이 일어나는가 알 수 없기 때문이다.

24
누구에게나 신의 속성이 들어 있으며
어느 누구든 신의 속성을 파괴시킬 수 없다.
다시 말해 살인해서는 안 되는 것이다.

25
삶을 깊이 이해하면 할수록
죽음으로 인한 슬픔은
그만큼 줄어들 것이다.

26
유익하든지 아니면 해가 되든지
예술처럼 사람들로 하여금
어떤 것을 믿게 하는데
강력한 수단은 없다.
따라서 예술을 어떻게 사용할까
신중하게 생각해야만 한다.

27

성적 욕망처럼 강한 욕망은 없다.
이것은 결코 만족되는 법이 없다.
만족하면 할수록
더욱 욕망이 커지기 때문이다.

28

남을 정면으로 비난하는 것은 좋지 않다.
그를 망신시키기 때문이다.
보이지 않는 곳에서
비난하는 것은 불성실하다.
덕을 기만하는 것이 되기 때문이다.

29

이제껏 나에게
최대의 손실을 준 것은
공연한 참견이다

30

사랑!

그것은 신의 본질의 발현이다.

사랑에는 시간이 없다.

사랑은 오직 현재, 바로 지금,

시시각각으로 나타나고

있을 따름이다.

31

육체가 아무리 가까이 있더라도

육체란 결국 남의 것이고,

영혼만이 자기의 것이다.

32

육체에 꼭 맞는 옷을 입기보다는

양심에 꼭 맞는 옷을 입는 것이 좋다.

33

행복은

인간을 이기주의자로 만든다.

옮긴이의 말

우리의 삶을 위한 지침

〈전쟁과 평화〉 〈안나 카레니나〉와 같은 장편소설을 비롯해 수많은 단편소설, 우화, 논설 등을 쓴 러시아 문호 레프 톨스토이는 구태여 설명할 필요가 없을 정도로 한국 독자들에게 잘 알려진 작가이다. 그리고 이번에 출간되는 톨스토이의 〈살아갈 날들을 위한 공부〉는 그가 세상을 떠나면서 마지막으로 남긴 책이다.

40대 중반, 자신의 작품이 하나같이 무가치하다면서 소설 쓰기를 중단하겠다고 선언했던 톨스토이는 이후 구도자와 같은 삶을 살았다. 귀족의 지위와 부, 명예도 아낌없이 버렸고 무지한 민중을 스승으로 삼았다. 톨스토이의 〈살아갈 날들을 위한 공부〉는 그의 그러한 삶 바탕에 어떤 사상이 깔려 있었는지 드러내 준다.

짤막한 글귀들을 모아 엮은 이 책의 주제는 사랑, 믿음, 죽음, 욕망, 학문, 신, 종교, 어린이에 이르기까지 무척 다양하다. 어떤 상황에서 어떤 역할을 맡고 있는 사람이든 자신과 관련된 부분을 찾아낼 수 있을 정도로 말이다. 아니, 어쩌면 상황이나 역할을 넘어서서 모든 인간의 공통분모를 건드린다고도 할 수 있겠다.

혹시라도 오해가 있을까봐 사족을 붙이자면 이 책에 등장하는 신은 특정 종교의 신이 아니다. 톨스토이는 러시아 정교 신자였지만 기성 종교가 가지는 허위와 기만을 가차 없이 비판했고 결국은 절대자에 대한 민중들의 선량한 믿음에서 진정한 종교를 발견했다. 그 절대자는 삶을 되돌아보고 더 좋은 삶을 살도록 노력하게끔 해주는 포괄적, 통합적 존재라 보아야 한다.

나는 왜 이렇게 나약한지, 올바로 사는 길은 무엇인지, 세상살이에서 만나는 갈등과 고난을 어떻게 극복해나가야 하는지 고민스러울 때 이 책을 펼쳐 보라. 그리고 바로 그런 고민에 치열하게 매달렸던 톨스토이가 남긴 글귀들은 어느새 고요한 산사에 앉은 듯 우리의 마음을 편안하게 해줄 것이다. 그리고 책장을 덮고 일어섰을 때에는 다시 세상과 마주 볼 용기를 안겨줄 것이다.

2007년 가을

이상원

연보

1828년	야스나야 폴랴나에서 톨스토이 백작 가문의 넷째 아들로 레프 니콜라예비치 톨스토이가 태어남.
1830년(2세)	어머니 마리야 니콜라예브나가 다섯째 아기를 낳다가 사망함.
1836년(8세)	일가가 모스크바로 이사함.
1837년(9세)	아버지 니콜라이 일리이치가 뇌일혈로 사망하자, 고아가 된 다섯 남매는 큰고모인 알렉산드라 오스텐 사켄 백작 부인의 집에서 자라게 됨.
1841년(13세)	큰고모 알렉산드라 오스텐 사켄 부인이 오프티나 수도원에서 사망, 그 뒤 세 형들과 함께 작은고모 펠라게야 일리이치나 유쉬코바의 손에서 자라게 됨.
1844년(16세)	카잔 대학 철학부 동양어학과에 입학했으나, 학교생활에 불성실하고 사교계에 드나들게 되면서 2학기 진급 시험에서 떨어짐.
1845년(17세)	법학부로 옮김. 이때를 전후하여 루소의 저술을 읽은 후, 내적 각성에 따라 교회에 다니는 것을 그만둠.
1847년(19세)	4월부터 일기를 쓰기 시작했으며, 카잔 대학교를 중퇴하고 맏형 니콜라이와 함께 야스나야 폴랴나로 돌아와 농사 관리, 농민 생활의 개선에 힘씀. 작품 〈지주의 아침〉은 이때의 경험을 담고 있음.
1848년(20세)	모스크바에서 무위도식하며 사교와 향락생활을 함.
1849년(21세)	페테르부르크 대학교에서 학사검정고시를 치러 민법 및 형

법 과목에 합격. 툴라 현 귀족대의원회에서 근무하기 시작함.

1851년(23세) 맏형이 기거하는 스타로글라도코프스크 카자크 촌에 도착, 카프카스 포병 여단의 사관후보생 시험에 합격함. 제20여단 제4포병 중대 근무. 처녀작 장편 〈유년 시절〉을 쓰기 시작.

1852년(24세) 단편 〈습격〉과 중편 〈지주의 아침〉, 〈카자크 사람들〉 집필 시작함. 장편 〈유년시절〉 탈고. 잡지 〈현대인〉 주간이었던 네크라소프에게서 〈유년 시절〉을 높이 평가한 편지를 받음.

1853년(25세) 잡지 〈현대인〉에 〈습격〉 발표. 단편 〈크리스마스 날 밤〉 〈삼림 벌채〉, 장편 〈소년 시절〉 집필 시작.

1854년(26세) 소위보로 승진하여 두나이 전선 출정을 지원. 군사 잡지 〈병사 소식〉 발행 계획. 군사 잡지 발행을 위하여 단편 〈쥐다노프 아저씨와 기사 체르노프〉 〈러시아 병사들은 어떻게 죽어가고 있는가〉 집필. 〈소년시절〉 발표.

1855년(27세) 잡지 〈현대인〉에 〈당구 득점기록원의 수기〉, 〈1854년 12월의 세바스토폴리〉, 〈삼림 벌채〉 발표. 장편 〈청년 시절〉 집필 시작. 싸움터에서 페테르부르크로 옴. 투르게네프, 네크라소프, 곤차로프, 페트, 체르느이쉐프스키, 오스트로프스키 등과 함께 친교.

1856년(28세) 잡지 〈현대인〉에 〈1855년 8월의 세바스토폴리〉 발표. 셋째형 드미트리의 부보를 받음. 11월에 제대. 페테르부르크의 문학인들에 대한 환멸로 야스나야 폴랴나로 돌아와 농노란 굴레로부터 농민의 해방을 시도. 〈눈보라〉, 〈두 경

비병〉, 〈지주의 아침〉, 〈모스크바의 한 친지와 진중에서 만남〉 등을 발표.

1857년(29세) 첫 유럽 여행을 떠남. 파리에서 길로티에 의한 사형 집행 과정을 목격하고 강한 인상을 받음. 7월에 귀국하여 야스나야 폴랴나에 돌아와 농사에 힘씀. 〈루체른〉, 〈청년 시절〉 발표.

1858년(30세) 모스크바 음악협회를 설립. 〈알베르트〉 발표.

1859년(31세) '모스크바 러시아문학 애호가협회' 회원으로 뽑힘. 농민 아이들에게 야학을 열어 공부를 시킴. 단편 〈세 죽음〉, 〈가정의 행복〉 발표.

1860년(32세) 교육 분야의 처음 활동으로, 교육의 자유를 외치는 글을 발표하고 국민교육조합 설립을 계획함. 외국의 교육제도 시찰과 맏형 니콜라이의 문병을 겸하여 누이와 함께 두 번째 유럽 여행에 오름. 9월 맏형 니콜라이가 죽음. 〈국민 교육론〉을 기초하고 농민 생활을 소재로 한 작품인 〈목가〉, 〈티혼과 말라니야〉(미완성) 집필.

1861년(33세) 프랑스에 머무르면서 파리에서 투르게네프와 만남. 영국 런던에 가서 게르첸과 사귐. 영국의 여러 학교를 참관하고, 디킨스의 훈육에 관한 교육을 받음.

1862년(34세) 논문 〈국민 교육에 대하여〉, 〈읽기와 쓰기를 어떻게 가르칠 것인가〉, 〈훈육과 교육〉 등의 여러 논문들을 잇달아 발표. 5월 농사중재재판소원직을 사퇴. 9월 궁전 전의인 베르스의 둘째딸 소피야 안드레예브나와 결혼하여 야스나야 폴랴나로 돌아옴.

1863년(35세) 〈홀스토메르〉 집필. 6월 맏아들 세르게이 태어남. 교육잡지 〈야스나야 폴랴나〉 종간호 발행. 〈진보와 교육의 정의〉, 〈카자크 사람들〉, 〈폴리쿠쉬카〉 발표함.

1864년(36세) 9월 맏딸 타니야나 태어남. 〈전쟁과 평화〉 집필 시작함. 페테르부르크의 스텔로프스키 출판사에서 첫 '톨스토이 저작집' 1, 2권 나옴.

1865년(37세) 〈전쟁과 평화〉(당시의 제목 〈1805년〉)의 첫 몇 부분(1-38장)을 〈러시아 통보〉에 발표함.

1866년(38세) 〈전쟁과 평화〉 2권 발표. 둘째 아들 일리야 태어남. 〈전쟁과 평화〉의 삽화를 담당한 화가 바쉴로프와 친교.

1867년(39세) 가을에 〈전쟁과 평화〉의 창작을 위해서 모스크바로 감. 보로디노의 옛 싸움터를 답사. 〈전쟁과 평화〉가 처음으로 단행본으로 나옴.

1868년(40세) 겨울 내내 온 가족과 함께 모스크바의 키스로카에서 지냄. 논문 〈'전쟁과 평화'에 대한 몇 마디〉를 〈러시아의 기록〉 제3호에 발표함.

1869년(41세) 5월 셋째 아들 레프 태어남. 〈전쟁과 평화〉를 완성하여 발표함.

1870년(42세) 학교 설립 등 교육사업에 다시 몰두하기 시작함. 그리스 고전 탐독.

1871년(43세) 〈초등 교과서〉 집필. 〈카프카스의 포로〉, 〈신은 진실을 알지만 이내 말하지 않는다〉 발표.

1873년(45세) 장편 〈안나 카레니나〉 집필. 5월 온 가족과 함께 사마라 지방으로 감. 〈모스크바 신문〉 편집국 앞으로 〈사마라 지방의 기근에 대하여〉란 글을 보내고 빈민 구제 사업에 힘을 기울임. 11월 '톨스토이 저작집'(1-8권) 나옴.

1874년(46세) 〈국민 교육에 대하여〉 발표. 전12권의 〈초등 교과서〉 재판 나옴. 톨스토이에게 가장 큰 영향을 준 친척 타티야나 알렉산드로브나 예르골스카야 죽음. 12월 〈새 초등 교과서〉 집필.

1876년(48세) 작곡가 차이코프스키와 친교.

1877년(49세) 5월 〈안나 카레니나〉 제8편의 간행에 즈음하여 〈러시아 통보〉 주간인 카트코프와 세르비아 전쟁에 대한 문제로 충돌. 그 뒤 종교적, 사상적 저술에 힘씀. 9월 〈안나 카레니나〉 제8편이 단행본으로 나옴.

1878년(50세) 12월당 사건 및 니콜라이 1세에 관한 자료를 얻기 위해 모스크바와 페테르부르크를 방문. 투르게네프와 화해. 5월 〈첫 기억〉, 〈고백〉 집필.

1879년(51세) 〈고백〉의 첫 부분이 발표되었으나 발매 금지당함.

1880년(52세) 푸슈킨 기념 축제 참석을 거절. 〈교의신학의 비판〉을 발표.

1881년(53세) 7월 〈사람은 무엇으로 사는가〉, 〈4복음서의 합일과 번역〉, 〈요약복음서〉 발표.

1882년(54세) 〈고백〉 완성. 〈러시아 사상〉 5월호에 발표했으나 발매 금지당함. 〈모스크바 민세 조사에 대하여〉, 〈악을 악으로 갚지 말라〉, 〈교회와 국가〉 등 발표.

1883년(55세) 〈내 신앙의 귀결〉 발표.

1884년(56세) 〈그러면 우리들은 무엇을 해야 할 것인가〉 집필. 〈내 신앙의 귀결〉 발매 금지 당함. 〈광인의 수기〉 기고(미완성).

1885년(57세) 단편 〈일리야스〉 발표. 10월 〈이반 일리이치의 죽음〉 집필 시작. 〈그러면 우리들은 무엇을 해야 할 것인가〉 발표되기 시작함. 소피야 부인에 의해 '톨스토이 저작집'이

전 12권으로 간행됨. 〈촛불〉, 〈두 노인〉, 〈바보 이반의 이야기〉 등을 집필.

1886년(58세) 넷째 아들 알료샤가 죽음. 2월 〈그러면 우리들은 무엇을 해야 할 것인가〉 완결. 9월 〈인생에 대하여〉 집필 시작. 민중 교화를 목적으로 〈일력〉의 편찬에 착수. 〈이반 일리이치의 죽음〉 발표.

1887년(59세) 중편 〈빛이 있는 동안 빛 속을 걸어라〉 집필. 〈암흑의 힘〉의 저작권 포기. 8월 레핀이 야스타야 폴랴나로 톨스토이를 찾아와 일련의 초상화 착수. 12월 〈인생에 대하여〉를 썼지만 곧 발매 금지당함. 〈최초의 양조자〉, 〈머슴 예멜리얀과 빈 북〉, 〈세 아들〉 등을 집필.

1888년(60세) 〈고골리에 대하여〉 집필. 2월 〈암흑의 힘〉이 파리의 자유극장에서 상연됨. 막내아들 바네치카 태어남.

1889년(61세) 희곡 〈그녀는 잘하고 있었다〉의 초고를 탈고하고 가족들에게 낭독해줌. 〈크로이체르 소나타〉, 〈예술이란 무엇인가〉, 〈악마〉 집필. 〈부활〉의 구상에 힘씀.

1890년(62세) 〈문명의 열매〉 집필에 힘씀. 2월 〈세르게이 신부〉 착수. 〈어째서 사람은 제 스스로를 마비시키는가〉 집필.

1891년(63세) 2월 〈문명의 열매〉가 모스크바에서 초연됨. '톨스토이 저작집' 제13권 몰수당함. 3월 아내 소피야는 단독으로 페테르부르크로 올라가 황제 알렉산드르 3세를 만나 발매 금지당한 〈크로이체르 소나타〉를 저작집에 수록하여 발표할 것을 허가받음. 〈굶주림에 우는 농민 구제의 방법에 대하여〉 집필.

1892년(64세) 굶주리는 사람들을 구제하기 위해 딸들과 함께 구휼사업에 힘씀.

1893년(65세) 〈신의 나라는 너희들 내부에 있다〉 탈고. 8월 〈무위〉 집필. 10월 〈노자〉의 번역에 힘씀.
〈신의 나라는 너희들 내부에 있다〉가 발표되자 당국은 무정부주의자로 지목함. 〈노동자 여러분에게〉, 〈헤이그 만국평화회의에 대하여〉 발표.

1894년(66세) 〈이성과 종교〉 탈고. 12월 〈종교와 도덕〉 완성. 〈신의 고찰〉 발표.

1895년(67세) 3월 막내아들 바네치카 죽음. 최초의 유언장을 몰래 씀. 〈부끄러워하라〉 발표. 〈열두 사도에게 의하여 전해진 주의 가르침〉 등을 저술.

1896년(68세) 7월 〈하쥐 무라트〉의 창작을 구상함. 〈종말이 다가왔다〉란 제목의 글을 쓰고 그것이 큰 의의를 갖는 참된 영웅적 행동임을 밝힘. 〈복음서를 어떻게 읽을 것인가〉, 〈현재의 사회조직에 대하여〉, 〈애국심과 평화〉를 씀. 12월 〈도와라〉 발표. 〈암흑의 길〉이 최초로 황실극장에서 상연됨.

1897년(69세) 〈예술이란 무엇인가〉 탈고. 〈하쥐 무라트〉 집필 시작. 희곡 〈산송장〉의 창작을 구상함.

1898년(70세) 미완의 〈세르게이 신부〉와 〈부활〉의 탈고를 서두름. 파스테르나크가 야스나야 폴랴나에서 〈부활〉의 삽화 제작. 〈톨스토이즘에 대하여〉, 〈두호보르 교도의 원조에 대하여〉, 〈기근인가 아닌가〉, 〈러시아 신보의 편집자에게 부침〉, 〈두 전쟁〉 등을 씀.

1899년(71세) 3월 〈부활〉이 발표됨.

1900년(72세) 2월 〈애국심과 정부〉, 〈죽이지 말라〉 집필. 〈현대의 노예

제도〉 저술에 힘씀. 〈자기 완성의 의의〉 저술.

1901년(73세) 2월 정부의 어용기관인 종무원이 톨스토이를 그리스 정교회에서 파문함. 3월 〈황제 및 그 보필자들에게〉 집필. 러시아 국민의 비참한 현실을 기술하고 폭력에 의하지 않는 개혁이 필요함을 역설함. 3월 〈파문의 명령에 대하여 종무원에 보내는 화답〉을 쓰기 시작. 가을 〈하쥐 무라트〉, 〈나의 종교〉, 〈병사의 수기〉 등을 씀. 〈성직자들에게 보내는 공개장〉 집필.

1902년(74세) 〈나의 종교〉 탈고. 5월 〈노동 대중에게〉 씀. 11월 〈성직자들에게 보내는 공개장〉 집필.

1903년(75세) 탄생 75주년 축하회. 8월 단편 〈무도회가 끝나고 나서〉 탈고. 9월 〈셰익스피어와 희곡에 대하여〉 씀. 또 〈노동과 죽음과 병〉, 〈세 가지 의문〉, 〈사회개혁자들에게〉, 〈정신적 본원의 의의〉 발표.

1904년(76세) 5월 〈반성하라〉를 발표. 러일전쟁의 옳지 않음을 설파하고 권력자들의 반성을 촉구. 〈인생독본〉 편집착수. 6월 〈유년 시절의 추억〉 탈고.

1905년(77세) 〈러시아의 사회운동〉, 〈푸른 지팡이〉, 〈코르네이 바실리예프〉, 〈알료샤 고르쇼크〉, 〈딸기〉, 〈세기의 종말〉 등을 씀.

1906년(78세) 10월 〈인생독본〉 간행됨. 11월 〈꿈을 꾸었던 일〉 씀. 〈셰익스피어의 희곡에 대하여〉, 〈유년 시절의 추억〉, 〈러시아 혁명의 의의〉, 〈국민에게 부치는 공개장〉 등을 발표.

1907년(79세) 당국에 의한 톨스토이 저서의 압수. 〈진정한 자유를 인정하라〉, 〈우리들의 인생관〉 발표.

1908년(80세) 3월 〈폭력의 법칙과 사랑의 법칙〉을 씀. 5월 〈침묵할 수 없다〉를 써 사형 집행의 옳지 않음을 말함. 7월 〈침묵할 수 없다〉의 게재로 각 신문이 벌금을 물고 〈세바스토폴리〉지 편집자가 체포당함. 8월 세계 각처에서 탄생 80주년 기념제가 거행됨. 톨스토이의 비서 구세프 추방됨. 〈인생독본〉의 개정 증보에 심혈을 기울임. 〈아동을 위한 그리스도의 가르침〉 발표.

1909년(81세) 톨스토이 기념제 특별위원회가 톨스토이 박물관 건립을 목적으로 하는 협회로 개조됨. 3월 〈불가피한 혁명〉을 씀. 5월 〈세상에 죄인은 없다〉를 씀. 10월 〈살아갈 날들을 위한 공부〉 간행. 11월 처음으로 사후에 관한 유언장 만들어짐. 〈사형과 기독교〉, 〈유일한 계율〉, 〈누가 살인자냐〉, 〈고골리에 대하여〉, 〈나그네와의 대화〉, 〈마을의 노래〉, 〈돌〉, 〈큰곰자리〉, 〈나그네와 농부〉, 〈오를로프의 앨범〉 등 발표.

1910년(82세) 2월 단편 〈호드인카〉 창작. 3월 희곡 〈모든 것의 근원〉 탈고. 단편 〈뜻밖에〉 탈고. 7월 최후의 정식 유언장 만들어짐. 8월 〈세상에 죄인은 없다〉의 개작이 이루어짐. 10월 28일 새벽, 아내 소피야 안드레예브나에게 최후의 쪽지를 남기고 의사 마코비츠키와 함께 야스나야 폴랴나의 정든 집을 떠남. 10월 26일, 최후의 저술인 논문 〈유효한 수단〉을 탈고. 10월 31일, 여행 도중 병이 위중해져서 랴잔 우랄 철도 중간의 한 시골 역에서 내림. 11월 7일 오전 6시 5분, 아스타포보 역장 관사에서 눈을 감음. 11월 9일 야스나야 폴랴나의 숲 속에 묻힘.

이상원
서울대학교 대학원 소비자아동학과와 한국외국어대학교 통역번역대학원 한노과를 졸업했다. 서울대에서 인문학 글쓰기를, 선문대와 한국외대 통역번역대학원에서 노한 번역을 강의하고 있다. 옮긴 책으로 〈홍위병〉 〈알리와 니노〉 〈체호프 단편집〉 등 40여 권이 있다.

살아갈 날들을 위한 공부
초판 1쇄 발행 2007년 10월 30일
초판 63쇄 발행 2024년 5월 31일

지은이 레프 톨스토이
옮긴이 이상원
펴낸이 최순영

출판1 본부장 한수미
와이즈 팀장 장보라

펴낸곳 ㈜위즈덤하우스 **출판등록** 2000년 5월 23일 제13-1071호
주소 서울특별시 마포구 양화로 19 합정오피스빌딩 17층
전화 02) 2179-5600 **홈페이지** www.wisdomhouse.co.kr

ISBN 978-89-92378-09-3 03890